出口なし

角川ホラー文庫
16247

contents

12:00~11:00

11:00~10:00
10:00~9:00
9:00~8:00
8:00~7:00
7:00~6:00
6:00~5:00
5:00~4:00
4:00~3:00
3:00~2:00
2:00~1:00
1:00~0:00

柔らかなメロディーが流れている。

小野寺《おのでら》裕太《ゆうた》は、その音が電車の発車を知らせるメロディーだと思っていた。以前は味気ないベルの音で、急いでいなくてもせかされているようで落ち着かなかったが、この短いメロディーはどこか心を和ませる響きがある。

裕太は目を閉じたまま、そのメロディーに聞き入っていた。

短いメロディーの後、沈黙が訪れた。

いつもの喧騒《けんそう》が聞こえてこない。

不意に訪れた静寂に、裕太の心に不安が広がる。電車で寝てしまったと思っていたが、そうではないようだ。

裕太は重い瞼《まぶた》をゆっくり開いてみる。

小さな黒い点が無数にある白い天井が見える。部屋の中だ。でも、裕太の部屋ではない。

「ここは、どこなんだ？」

慌てて上半身を起こす。裕太は床に直《じか》に寝ていた。

「一体、どうなっているんだ？」

頭の中でパニックが起きそうになるのを抑え、裕太は必死に状況確認をする。

「夢……じゃないよな……？」

一辺が十メートルほどの真四角の部屋。壁は一面銀色の金属板で、その一方に巨大な黒の文字で「Room　No.3」とスプレーで書かれている。床は弱いクッションの白いクロスが貼ってある。天井までの高さは十メートルはあるだろうか。普通の家よりもずっと高い。そこから八個の丸いライトが部屋を照らしている。

まるでSF映画に出てくる無機質な近未来の部屋だ。

裕太はゆっくり、部屋を見回す。その部屋には、普通はあるはずのものがなかった。

「どうしてだ？」

裕太は震えながらもう一度、部屋の隅々まで視線を巡らせた。しかし、やはりそれはない。

この部屋には「ドア」が存在しなかったのだ。いや、ドアだけではない。窓も通気口も、人の通れるような出口は一つもない。ここは部屋というより四角い箱の中だ。出口なし

――。

蒼白《そうはく》の裕太の隣で、ショートカットの女性が寝ている。

彼女を見るなり、裕太は昨夜の記憶が蘇《よみがえ》る。正確には昨夜ではなく、もう何日も前の記憶かもしれないが……。とにかく、裕太は彼女を見て自分が覚えている最後の一日を思い出した。

彼女の名前は、川瀬由紀《かわせゆき》。東埼《とうさい》大学工学部の三年生。裕太は由紀とデートをしていた。デートと言っても、映画を観て食事をしただけだ。二人はキスどころか、手を握ったこともない。二人だけで会ったのも、あの日が初めてだった。

あの日、二人は新宿で評判の高い恋愛映画を観た。難病の恋人が死んでしまう陳腐なストーリーに二人は眉《まゆ》をひそめ、映画の悪口を言い合いながら居酒屋で食事をし、バーでカクテルを飲んだ。その後、彼女を送るためにタクシーに乗った。そこまでは覚えている。

それが、どうして……。

「なにがあったの？」

小さいながらもしっかりした声が聞こえてきた。由紀は上半身を起こし、大きな瞳《ひとみ》をキョロキョロさせている。

「ここに来る前のこと、覚えている？」

「バーで飲んだ後、タクシーに乗ったところまで」

「私も同じ」

「あのタクシーでなにかあったのかな？」

由紀はふらふらしながら立ち上がり、部屋の中をぐるりと見回した。

「分からない」

「私たち、監禁されたみたいね」

「それに、監禁されてるのは、ぼくらだけじゃないみたいだ」

部屋には裕太と由紀の他に、三人の男女がいた。ブランド品のスーツを着た小太りの中年男。黒のジャケットにスカートの三十代後半の髪の長い女性。二人はどうやら親しい関係のようだ。

残りの一人は、部屋の隅で体育座りをしている髪がぼさぼさの三十歳くらいの男。汚れたスウェットを着ていて、まるでホームレスだ。

「ここがどこだか、分かりますか？」

裕太はスーツの男に訊《き》いてみた。男は無精髭《ぶしょうひげ》が生えている。裕太も髭が気になって、顎《あご》を撫《な》でてみた。ざらざらした手触りがある。少し伸びているようだ。髭を剃《そ》ったのはデートの前だから、やはり、あれから一日は経っている。

「それが……」

裕太に訊かれて男は隣の女を見た。女は脅えたように頭を横に振った。化粧がとれかかって、眉がなくなっている。そのせいで、きつい顔立ちに見える。

「ここがどこなのか、どうしてここにいるのか。まったく、分からない」

裕太は次に、ホームレスのような男にも訊いた。

「なにも分からないよ」

ホームレスのような男は、顔を下に向けたままつぶやいた。

「この部屋、おかしいわ！」

後ろから女の金切り声が聞こえた。裕太が振り返ると、髪の長い女が、なにやら叫んでいる。

「ドアがないわよ。どこにも、ドアがない」

彼女はパニックを起こしていた。

「落ち着け！　大丈夫だ」

一緒にいた中年男は根拠のないなぐさめの言葉をかけている。

「大丈夫って、これのどこが大丈夫なのよ！」

女が中年男に食ってかかる。

「ドアがないのよ。どうやって、ここから出るの！」

「きっと、どこかに仕掛けがあるんだよ」

中年男は女を座らせ、壁に近付いていった。なにか仕掛けがないか調べようと考えたのだろう。

裕太は半ば期待をして、その男の行動を見守った。

中年男は金属板の壁をじっと見ると、手で触れた。次の瞬間、〝ジッ〟と短い電気音が聞こえて、男は壁から跳び退いた。

「どうしました？」

裕太が声をかけると中年男は、蒼白の顔を向けた。

「で、電流が流れている」

「えっ！」

「これじゃ、壁には触れない」

理由は分からないが、裕太たちはこの完全な密室に監禁されてしまったのだ。

裕太は、数年前に観た「ＣＵＢＥ」という映画を思い出した。立方体の部屋に閉じこめられた数人の男女が、壁、床、天井にある扉から部屋を移動して、出口を探すというものだ。いくつも連なる部屋の中には、罠《わな》が仕掛けてある部屋があり、そこに入ると残虐な仕掛けが主人公たちを襲い、次々と殺されていく。

映画と状況は似ているが、あの映画と違うのは「ＣＵＢＥ」の部屋には扉があったが、ここには扉が一つもないということだ。扉がなければ、逃げようがない。

「死んだんだよ……」

部屋の隅にいたホームレスのような男が、ぞっとする声でつぶやいた。

「ここは、あの世への待合室なんだ」

その言葉に、髪の長い女がよろよろと立ち上がる。

「……嫌よ。そんなの嫌……。誰か、誰か、ここから出して――」

髪の長い女は、金属板の壁に向かって駆け出した。

「駄目です！」

裕太は、彼女を止めようとしたが、簡単に突き飛ばされてしまう。

女は助けを呼ぼうと壁を叩《たた》いたが、その瞬間、体に電気が走る。

「キャー！」

女は、電気ショックに驚いて尻餅《しりもち》をついた。

「な、な、なに、これ……」

「痛みがあるということは、まだ生きているということよ」

悲鳴を上げた女に、由紀が冷たく言う。その態度に、女はむっとしたようだ。

裕太は思わず苦笑いする。由紀の思ったことをずばずば言い、物怖《ものお》じしない性格は友人の間で評判が悪い。しかし、裕太はそんな気の強い由紀に惚《ほ》れていた。

髪の長い女は床に尻餅をつき、絶望的な状況に放心したままだ。

「どうやってここに来たか、思い出せるか？」

中年の男が裕太に声をかけてきた。男の名は丸山一彦《まるやまかずひこ》、四十八歳で建設会社の部長をしている。髪の長い女は、丸山の部下で今井美奈子《いまいみなこ》、三十九歳。

裕太は、自分たちの最後の記憶を丸山に話した。

「私たちも同じだ。彼女と食事をした後、タクシーに乗って気がついたら、ここだ」

「やっぱり、タクシーですか」

「こんなことになるなら酔っ払っていても、自分で運転して帰ればよかった。あいつが、飲酒運転は危ないから、タクシーの方がいいなんて言うから……」

丸山は、ここに監禁されたのは美奈子のせいだとでも言いたそうな口ぶりだ。

美奈子はそんな丸山をじっと睨《にら》んでいる。

気まずい空気だったが、美奈子は丸山に文句を言うほどの余裕がないようだ。

由紀は部屋の中央の、ここで唯一の備えつけの家具、木目の天板のデスクの前にいた。丈夫なパイプの脚は床に固定されている。椅子はない。

由紀はデスクの上の「それ」を調べていた。この空間に、あまりに不似合いな物。

「小野寺君、無駄かもしれないけど、一応持ち物を調べてみて」

由紀に言われ、裕太は慌てて洋服のポケットをまさぐった。それを見て、丸山と美奈子もポケットに手を入れる。ポケットには携帯電話どころか、ガムの一枚、ライターの一つも入っていない。ここに運ばれる途中で、すべて抜き取られたのだろう。

「なにもないよ。腕時計まで取られてる」

「私は、ネクタイも取られている」

裕太に続いて、丸山が言った。美奈子も首を横に振っている。ホームレスのような男は、ポケットを探りもしないが、あの服装では探すまでもないだろう。

「こんな部屋を作る連中が、携帯電話を取り忘れるようなヘマはしないか」

由紀は、まるで実験の分析結果を報告するように言った。

「無駄だよ。ぼくたちは死んだんだ」

ホームレス男が、陰気に言い捨てる。

思わずかっとなり、裕太は男を睨みつけた。

由紀は、ホームレス男の前まで歩いていくと、腕を組み仁王立ちした。

「どうして、死んだなんて言えるの？」

「ぼくが死んでいるからだよ」

「あなたが、死んだという証拠は？」

「証拠というか、状況的にみて、ぼくは死んでるんだ」

「どういう状況なのか、説明してよ！」

由紀はホームレス男と視線を合わせようとしたが、男は顔を伏せ、じっと下を向いている。

「ぼくは自殺したんだ。だから、ここはあの世への待合室だよ」

由紀は納得のいかない様子で、イラついている。

「そのうち、天使か死神が現れて、あの世に連れていってくれるよ」

ホームレスのような男は相変わらず、馬鹿げた話を続けている。

「自殺の方法を教えてくれる？」

「それは……」

饒舌《じょうぜつ》だった男が急に口ごもる。

「自分から死んだって言ったのよ。死に方くらい教えて」

「……それは……自然死かな……」

男はぼそりと言った。

「自然死の自殺、どういうこと？」

「もしかすると凍死かも……」

「いい加減にして、ちゃんと分かるように話して！」

険しい表情の由紀は、男を睨みつけたままだ。

裕太はどうすることもできずに、固唾《かたず》を呑《の》んで二人のやり取りを見守っていた。

相変わらずうつむいたまま、男はぽつりぽつり語り始めた。

「富士の樹海に入ったんだよ。死にたかったけど、自殺する勇気はなかった。だから、運よくそこから出られたら、死ぬ気でやり直そうと……。出られなかったら、そのまま死のうと……」

裕太はその声に聞き覚えがあった。しかし、どこで聞いたかは思い出せない。

「何日くらい、樹海を徘徊《はいかい》したの？」

「それは……」

口ごもる男に由紀は迫る。

「何日？」

「い、一日」

「たったの！」

「正確には半日くらい……。樹海に入った日の夜、歩き疲れて眠って、気がついたら……」

「この部屋にいたのね」

男は下を向いたまま頷《うなず》いた。

「それじゃ、死んだと断言はできないわね」

「でも……、死のうとしたのは事実なんだ。だから、きっと……ぼくは死んでる」

「へぇ〜、最近はあの世へ行くのもハイテクになってるのね」

木で鼻を括《くく》ったように由紀は言い捨てると、おもむろに立ち上がり、部屋の中央にあるデスク上の「それ」に向かう。——デスクトップ型のパソコン。

コンピュータ本体とモニタ、キーボード、マウスと、操作するのに最低限必要な物は揃っている。パソコンの電源コードとインターネット用のケーブルは、床に開いた小さな穴から出ている。パソコンから延びた一本のコードは、デスクの後ろにある半径一メートル、高さ三メートルほどの円柱のタンクに繋《つな》がれていた。タンクにはデジタルのタイマーが取りつけてある。

タイマーの表示は、11:35 いや、11:34 になった。

由紀は立ったままパソコンに向かった。

「操作しても大丈夫なのかな」心配になって裕太が声をかける。

「置いてあるということは、操作しろってことじゃない」

そうは言ったが、由紀にも確信がないようで、マウスを握ることを躊躇《ためら》っている。

モニタは、深海を泳ぐ不気味な魚のスクリーン・セーバーを映している。

「このパソコンが、ここから出る鍵《かぎ》だと思わない？」

「でも、あれも気になるよ」

裕太はタイマーのついたタンクを指した。

「まるで……時限爆弾みたいだ」

由紀もそれには気付いていた。だから、マウスに触れなかったのだ。もしタンクが時限爆弾で、マウスを握った途端に爆発する事態になれば、おそらく誰も助からない。

タイマーの表示が11:33に変わった。

「仮にあれが時限爆弾だとしても、タイマー表示があるってことは、まだ時間が残されているということでしょう？　すぐには爆発しないわ」

迷いを振り切るように、由紀はマウスを握った。

モニタが切り替わった。

タンクは、爆発しなかった。タイマー表示もそのままだ。

裕太は安堵《あんど》の溜息《ためいき》をついた。

「しっかりして」

青い顔をしている裕太に活を入れるように、由紀が言葉をかける。

「うん……」

裕太は情けない返事をする。

「ね、見て！」

由紀に言われて、裕太もモニタを覗《のぞ》きこんだ。

モニタには見慣れた画面が映し出されている。

「これって？」

「うん……」

二人の様子をうかがっていた丸山も、パソコンの前にやってくる。

「なにかあったのか？」

「パソコンが使えるみたいです。この画面、メールを送受信するソフトです」

「えっ！」

裕太の説明に、丸山の声が引っくり返った。

「それじゃ……」

「メールが送れます」

「な、なに、今、なんて言ったの？」

床に座りこんでいた美奈子が転びそうな勢いでやってきた。

「メールが送れるって……」

「まだ、分からないわ」由紀が慎重に言う。

「早くやってみなさいよ」

美奈子の命令口調に、由紀と裕太はむっとして顔を見合わせた。

「そのタンクとタイマーって、時限爆弾みたいじゃない？」

由紀に言われ、美奈子と丸山はタンクを改めて見つめた。

「パソコンと繋がっているのか？」丸山が訊《き》く。

「下手に操作して、爆発しないか心配してるんです」

「うん、そうだな」

丸山が低く唸《うな》った。

「結局、どうするの！」

緊張に耐えられず、美奈子が甲高い声を上げた。

「あなたの考えは？」

由紀が意地悪く訊き返す。意見を求められた美奈子は、困った顔をする。

「し、知らないわよ。そんなこと……」

「そう」

短く発した由紀の言葉は、完全に美奈子を小馬鹿にしていた。

「操作するけど、いいですね？」

由紀が確認を取る。

「う、うん……」

裕太だけが答える。ほかの者は無言である。

業を煮やした由紀がマウスを動かし、メール作成のアイコンをクリックした。

普通ならメールの作成画面を呼び出せるはずだが、なんの反応もない。仕方がないのでほかのアイコンを次々にクリックしてみたが、どれも開かない。

「メールは送れないみたいね」

由紀は投げやりに言った。

「それじゃ、助け呼べないの？」

「そういうこと」

「喜んで損したわ！」

美奈子は倒れるように床に座りこんだ。

こうなることを由紀は予測していたのか、さほど落胆している様子はない。

裕太はモニタを見て、あることに気がついた。

「これ、見て！」

裕太に言われて、由紀が視線をモニタに移す。


［受信トレイ］に、1通の未開封メッセージがあります。


「メールがきてる」

「どういうこと？」

由紀が裕太の顔を見る。

「開けてみたら」

由紀は頷《うなず》くと、受信トレイをクリックした。

画面が受信トレイに切り替わる。未開封のメールが一件ある。

送信者：マスター
件名：ようこそ、ゲームルームへ

どうやらこのメールは、裕太たちをここに閉じこめた犯人かららしい。

「開くわよ」

裕太と丸山は、黙って頷く。

メールを開くと、モニタに現れたのは——。


ようこそ、ゲームルームへ。

これからゲームの説明をします。

あなたたちが無事にお家《うち》に帰るには、クイズの答えを探して、ゲームに勝つしかありません。

部屋の酸素は十二時間。いや、もう十二時間は切っているね。時間内に、答えを探してね。

質問は一切、受けつけないよ。

さて、クイズです。あれ、クイズの問題忘れちゃった。

ちょっと待っててね！


「狂ってるわ」由紀が声を荒らげる。

「ぼくたちをからかうために、こんなものを作ったんだろうか……」

「肝心のクイズの問題は、どうしたんだ？」

丸山もメールを読んで、憮然《ぶぜん》としている。

「分からない」

「あのタンクは、酸素タンクだったみたいだね」

「五人の十二時間分の酸素というわけだな」

「でもさ、あれが爆弾じゃないと分かって、ほっとしたよ」

「あなた、バカ？」

裕太の能天気な言葉に、美奈子がいきり立った。

「ここから出られないのは同じなのよ。それも、十二時間しか酸素がないなんて、死ぬのを待つだけじゃないの」

「違うわ。あと十一時間十五分よ」

由紀がタンクのタイマーを見て、わざと嫌みを言う。

美奈子は顔をしかめて、背を向ける。

「人の命をこんなバカげたゲームで弄《もてあそ》ぶなんて、許せない。犯人がどういう奴かは分からないけど、絶対にここから抜け出して、捕まえてやるわ」

由紀はパソコンのモニタを睨《にら》みつけた。

柔らかなメロディーがパソコンから流れた。

「この音……」

裕太は、それが目を覚ます前に聞こえたメロディーだと気がついた。

パソコンに向かっていた由紀が、二通目のメールが届いたことを告げる。

そのメロディーはメールの着信を知らせる音だったようだ。

酸素タンクのタイマーは11:00。

裕太はパソコンの前にいる由紀に近づく。丸山と美奈子は、裕太たちの様子を後ろから見ている。ホームレスのような男は、本当に自分が死んだと思っているのか、興味を示さない。

［受信トレイ］に、１通の未開封メッセージがあります。


「開けるわよ」

由紀が受信トレイをクリックして、開く。

送信者：マスター
件名：クイズ

待たせたね。クイズの問題だよ。

――あなたは、な〜に？

このクイズは、自分探しの旅なのです。なんちゃって、おっと、ここからが重要。

クイズの答えは、インターネットで検索してね。ただし、検索は十回まで。

検索に失敗すると、こわ〜いお仕置きがあるから、気をつけて。

クイズの締め切りは酸素がなくなる一時間前。つまり、あと十時間。締め切りに間に合わないと、死んじゃうよ。

　健闘を祈る。

メッセージはそこで終わっていた。

「ふざけた奴だ！」

怒りに震える丸山は語気を荒らげた。

「でも、私たちの命は、そのふざけた奴に握られているんですよ」

若輩の由紀にたしなめられ、丸山は面白くなさそうだ。

ここから抜け出すには、クイズを解くしか方法はなさそうだ。しかも、そのクイズというのが、意味不明。あまりに抽象的な質問だ。

――あなたは、な～に？

裕太は自分はなにかを考えた。人間、男、学生、小野寺裕太、小野寺貴一《きいち》の息子、小野寺晴美《はるみ》の息子、日本人、東京都民、中野区民、映画好きの男……考えれば、数えきれないくらいある。

「このメールと最初のメールの文面、よく覚えておいてね」

由紀はそう言うと、再び一通目のメールを開いた。

ようこそ、ゲームルームへ。

これからゲームの説明をします。

あなたたちが無事にお家に帰るには、クイズの答えを探して、ゲームに勝つしかありません。

部屋の酸素は十二時間。いや、もう十二時間は切っているね。時間内に、答えを探してね。

質問は一切、受けつけないよ。

さて、クイズです。あれ、クイズの問題忘れちゃった。

ちょっと待っててね！


「覚えたけど、どうして？」裕太が訊《き》く。

「ほかの画面を開くと、見れなくなるかもしれないでしょう」

「インターネットにアクセスするの？」

「犯人は、異常な知能犯よ。なにをやるにしても用心した方がいいわ」

由紀はメール送受信ソフトの画面を最小化して、画面の左下に収納した。

モニタにパソコンの基本画面が現れる。

アイコンはメール送受信ソフトとインターネット接続ソフトしかなかった。

由紀はモニタを凝視し、なにか使える機能がないかマウスを動かして探した。試しに左下の「スタート」ボタンをクリックしてみる。通常なら「スタート」メニューが表示されるのだが、なんの表示もない。ほかのファイルアクセス手段も封じられているようだ。

「システムを変更されてるみたいだね」

「私たちの行動は、全部お見通しということね」

由紀は無駄な抵抗をやめて、インターネット接続のアイコンをダブルクリックした。

モニタにインターネットの検索画面が現れた。見た目は一般のパソコンの検索画面と変わらない。しかし、その下の方が違っている。

この部屋に閉じこめられている五人の顔写真が、遺影のように黒い四角で囲まれて映っている。写真は五人が眠っている間に写したらしく、全員が寝顔だ。

裕太はホームレスのような男の写真を見た。どこかで見たことがあるが、思い出せない。

「やってくれるわね」

由紀は眠っている間に、無断で写真を撮られたことに憤慨している。

「川瀬さん、ぼくはパソコンには詳しくないんだけど、こういうのは素人でも作れるのかな?」

裕太はモニタを凝視しながら訊いた。

「これを作るだけなら、それほどむずかしいことじゃないと思うけど、ネットワークと連動しているみたいだから素人じゃないわね」

由紀はそこまで言って、少し間をとった。

「でも、今は高校生クラッカーがスキルを自慢するために、アメリカの国防総省のパソコンに入りこむ時代だから、素人もプロもないのかもしれないけど……」

「あなたたち、犯人が誰か知ってるんじゃないの」

唐突に美奈子が話に割りこんできたが、由紀は無視した。この女には関わるのも嫌なのだろう。美奈子はそれが余計、腹立たしかったようで、「ねぇ」と由紀に詰め寄る。

仕方なく裕太が仲裁に入る。

「なんですか？」

「こういういたずらをするのって、若い連中に決まっているでしょう。これやってるの、あなたたちの友達じゃないでしょうね」

美奈子はターゲットを由紀から裕太に変更した。

「でも、これはいたずらの範囲じゃないですよ」

裕太は上手《うま》く反論したつもりだった。しかし……、

「なにか心当たりはないのか！」

丸山まで、そんなことを言ってきた。

「そんなこと言われても……」

「どうなのよ！」

「もし、いたずらなら早くここから出すように伝えてくれ！」

「そんな……」

「今ならまだ許してあげるわ」

「ぼくたちじゃありません」

「本当のこと言ってくれ！」

「後から謝っても、許さないわよ」

美奈子が噛《か》みつく。

「だから……」

裕太は二人に責められてたじたじになった。

「仮にパソコンのシステムにいたずらすることができたとしても、私たちの友人じゃ、この部屋を作るのは無理ですよ」

うんざりした声で由紀が言う。

「あなた、随分冷静ね。なんかあやしいわ」

「こういう性格なの」

「もし、騙《だま》しているんだったら、許さないからね」

「その言葉、そっくりお返しします」

「な、なによ」

美奈子が怯《ひる》む。

「もし、私がこの部屋の仕掛け人なら、こんなに冷静じゃないわ。わざとヒステリックになって、みんなを混乱させる」

「ど、どういう意味よ」

「あなたの方が、数倍あやしいってことよ」

「わ、私？」

「でも、あなたのバカさ加減が演技なら、アカデミー賞ものだけどね」

美奈子は顔を真っ赤にして、今にも由紀に飛びかかりそうだ。それを察した由紀は、視線を丸山に移した。

「確か建設会社に勤めてるって、言ってましたよね」

丸山はきょとんとしている。

「建設会社なら、これくらいの部屋を作るのは簡単でしょうね。それに、パソコンのシステムも学生より詳しい人がいる」

由紀はそこで息を吐き、次の言葉を口にする前にたっぷりと時間をかけた。

「人を疑う前に、自分たちを疑ってみたら、どうですか！」

丸山と美奈子は静かになった。

由紀は酸素タンクのタイマーを見た。

10:33
こんなことをしている間にも刻々と時間は過ぎてゆく。

「それじゃ、ちょっと訊くけど」

おずおずと美奈子が言う。

「私たち、ここから出られると思う？」

「分からない」

由紀の答えに、美奈子はむっとした顔を見せる。

「ただ……」

「なに？」

「私たちを殺したり、誘拐することが目的だとしたら、こんな大掛かりな仕掛けはいらないわ」

「これを作るだけでも、結構お金かかりそうよね」

「目的は、殺人や誘拐ではない」

「それじゃ、なに？　怨《うら》みとか」

由紀は美奈子の不毛な質問には答える気がせず、黙りこくった。

「ねぇ、なに？」

美奈子はしつこく訊いてくるが、由紀は黙っている。

裕太はその沈黙に耐えかねて説明に入った。

「一種の愉快犯じゃないかな」

「愉快犯？」

「世間を騒がせるのが目的で、事件を起こす犯人です」

「でも、私たちが閉じこめられていることを世間の人は知らないのよ」

「例えば、ここの様子をビデオに撮って、テレビ局に送りつけるとか、インターネットで流すことだってできます」

裕太に言われて、美奈子は部屋を見回した。一見して撮影用のカメラと分かるものはないが、仮に天井の黒い点の一つが隠しカメラだったとしても、誰も気がつかないだろう。これだけの部屋を作る犯人だ。どんな仕掛けがあってもおかしくはない。

裕太は「トゥルーマン・ショー」という映画を思い出した。

ジム・キャリー扮《ふん》するトゥルーマンという男の生涯を本人には知られないように二十四時間テレビで生中継するという映画だ。映画はトゥルーマンが暮らしている島を大掛かりなセットで作っていた。しかし、あんなセットを作らなくても、同じような映画は作れる。五人の男女を密室に閉じこめ、極限状態の人間がどういう行動をするか撮影をする。

「ここの様子は、撮影されているかもしれないわね」

部屋を見回しながら、由紀が言った。

「人が苦しんでいるのを見て、楽しんでいる輩《やから》がいるんだ」

丸山が吐き捨てるように言う。

「でも、それだけじゃないわ。苦しんでいるところを見るだけなら、パソコンはいらない」

「あんなメッセージ、気まぐれでからかっているだけだよ」

「私たちを閉じこめたのは知能犯よ。そういう犯人は、自分の仕掛けた謎を解いた者の命は奪わない」

「根拠はあるの？」

「私、こう見えても東京大学の学生なの」

それは美奈子の質問の答えになっていない上に、もちろん真っ赤な嘘だった。この状況下、主導権を握るため、少しでも優位に立とうとして由紀が嘘をついたのだ。そして、意外にもこの嘘が効いた。

学歴にコンプレックスでもあるのか、美奈子も丸山も大人しくなった。

裕太は目の端で由紀を睨《にら》んだ。

由紀は丸山たちには見えないように、小さく舌を出した。

「これから、どうするの？」

裕太が小声で訊《き》いた。

「犯人との対決よ」

「クイズの答えを見つけるのかい？」

「自分探しの旅」

「お仕置きがなにか、気にならない？」

「なるわ」

「『CUBE』っていう映画、知ってる？」

「知ってるわ。小野寺君の言いたいことも分かる」

「お仕置き＝死ということもあるかもしれないよ」

「でも、誰かがやらないと始まらないわ」

由紀は他の三人に視線を投げた。

「あの三人じゃーね」

四人と言われなかったのが、裕太のせめてもの救いだった。

由紀がパソコンに向かう。

「ちょっと、なにやってるの！」

由紀に言い負かされて、大人しくなっていた美奈子が声をかけてきた。

「パソコン操作をするの。なにが起きるか、分からないから、離れていた方がいいわよ」

由紀の脅しに、美奈子の動きが止まった。

「そう……」美奈子はそう言って後退した。丸山も二、三歩後退《あとずさ》りする。

裕太も怖かったが、由紀の隣を動かなかった。ここで逃げたら、本当に駄目男になってしまう。

モニタの由紀の顔写真が明るくなる。なにか仕掛けがしてあるのだろうか、誰が操作をしているのか判別できるようになっているようだ。

由紀は検索欄に「１９８７年8月25日」と入力した。

「生年月日だね」

「自分探しの旅だとしたら、まずは誕生日でしょう」

しかし、由紀は打ちこんだはいいが、検索ボタンをクリックするのに躊躇《ためら》っている。

「いきなり、殺されることはないはず……」

自分に言い聞かせるように口にした由紀は、検索ボタンをクリックした。

短い間がある。

失敗なのか、成功なのか……。

由紀と裕太は、緊張してモニタを見た。丸山と美奈子は、由紀たちの様子をうかがっている。

ホームレス男は、下を向いたままだ。

「なに、これ……」

モニタの左上からカッパのキャラクターが泳ぐ真似をして中央にやってきた。

「カッパ？」

カッパのキャラクターは画面の中央で立ち泳ぎらしき動きを見せている。そして、コミックの吹き出しのようなものが出てきた。どうやら、カッパが喋《しゃべ》っているという設定らしい。

「へへへ……、検索は失敗。でも、一回目の検索はサービスなんだ。だからNGなし。空クジなし。よかったね。正しい検索項目は生まれた年のみだよ。それじゃ、1987年の検索結果を表示するよ」

画面が検索結果に切り替わる。

ウェブ検索の結果10件を表示
①1987年の事件 ②ザ・二十世紀 1987年 ③1987年の記録 ④1987年生まれ ⑤1987年の日記 ⑥名勝負1987年 ⑦SF映画1987年 ⑧受賞歴─1987年 ⑨1987年［業績］ ⑩研究活動─1987年

「どういうこと？」由紀が独り言のように言う。
「この中から、一つ選ぶとクイズが出題されるのかもしれないよ」

「どれか、得意分野ある？」

由紀に訊かれて、裕太は迷った。

「そう言われたら、映画かな」

「SF映画1987年？」

「いや、でも、自信ない」

由紀にいいところを見せたかったが、裕太に命がけのクイズを受けて立つ度胸はなかった。

「見たことのあるページがあるわ」

「どれ？」

「『ザ・二十世紀』、このページはレポートで調べ物をするのによく使うの」

「それなら、そのページがいいよ」

由紀は、二番目の項目をクリックした。

「ザ・二十世紀　1987年」のページが開く。

①重大ニュース　②風俗　③ヒット商品　④流行語　⑤スポーツニュース　⑥人気のテレビ番組　⑦CM　⑧映画　⑨音楽　⑩芸能ニュース　⑪ベストセラー　⑫物故　⑬科学・技術

そのページには1987年に起きたことが十三項目に分類されて載っていた。

「おかしなところはないわね。他のページも見てみるわ」

由紀は「戻る」をクリックして、前の画面に戻ろうとした。

「おかしいわね」

由紀は何度も「戻る」をクリックしたが、画面は変わらない。

「どうして？」

「戻ることはできないように細工されているんだよ」

「失敗したわ」

「なにか、やりたいことがあったの？」

「研究活動とか業績ってページがあったでしょう」

「うん」

「どこかの研究所か会社のウェブ・サイトだと思うの。そこだったら、書きこみができるかもしれない。それで、助けを……」

「できないと思うよ」

夢中で話す由紀を裕太が遮った。

「えっ？」

由紀はきょとんとして、裕太の顔を見た。

「この検索結果、少しおかしいよ。もしかすると、外とは繫《つな》がってないかもしれない」

「どういうこと？」

「1987年で検索して、ウェブの検索結果が十件しかないはずないよ」

「あ、ほんと……確かにそうね」

「外部と繫がっているようで、犯人のコンピュータから結果が出ているだけなのかもしれない」

「考えられるわ」

二人が話しこんでいると、モニタにまたカッパのキャラクターが現れた。

なにをもたもたしてるんだ。早く項目を選びなよ。


「どうしよう？」

由紀がめずらしく自信のない顔を見せた。

「検索は成功したんだから。怖がることはないんじゃない？　好きなものを選ぶのがいいよ」

裕太が勇気付けるように言う。

「そうね」

由紀は裕太の言葉にはげまされて、「⑤スポーツニュース」をクリックした。

なにが起きるのか……。

二人は緊張したが、なにも起きなかった。

モニタがインターネット検索画面に戻った。一見、なにも変わっていないようだが……。

「あれ……」

由紀が変わった箇所を見つけた。裕太もすぐに気がついた。

モニタの由紀の写真が消えて、そこに数字の5が書かれている。

「どういうことだと思う？」

「五人全員の結果が出ると、なにか分かるのかもしれないよ」

「自分の生まれた年を入力すればいいのか、答えは意外と簡単だな」

いつの間にか裕太たちの後ろに立っていた丸山が言う。

「どうぞ」

由紀はマウスを離すと、パソコンの前から離れた。

裕太には由紀の行動が解せなかった。

「いいのかい？」

裕太の問いに、由紀は意味深な笑みで返してきた。

由紀と裕太がパソコンの前から離れると、美奈子が丸山の横に来る。ホームレス男は相変わらず、部屋の隅だ。どうやら、二対二対一の構図になったようだ。

「このゲーム、『CUBE』じゃなくて『バトル・ロワイアル』だったらどうする？」

由紀の言葉に裕太は背筋が冷たくなった。考えられないことではない。この部屋で、五人を戦わせて、生き残った一人だけが助かるルール。

「そうなったら、私を殺せる？」

裕太は困惑した。「バトル・ロワイアル」にも、そういう設定があったが、あの映画を観た頃の裕太には、恋人も好きな人もいなかった。

裕太は素直に、「分からない」と答えた。

「川瀬さんを殺すなんて考えられない。でも、そういう状況になったら、どうなるか……。こんなぼくでも人を殺してでも、生きたいという強い気持ちがあるのかもしれない……」

「小野寺君は正直ね。私なら、できないって言って、いざという時には豹変《ひょうへん》するわ」

「そういう、川瀬さんも正直だよ」

裕太は由紀の顔を見た。由紀は苦笑いをしていた。裕太は、ここが遊園地のアトラクションだったら、どれだけ幸せだろうと思った。

「もし、この中で争いになっても、ただの殺し合いじゃないと思うわ。多分、パソコンを使って、なにかゲームをするのよ。そして、ゲームで負けた者は死んで、勝った者だけが生き残る」

「生き残るのが一人だけだとは、決まってないよ。まだ、なにも決まってない」

裕太は自分でも信じられないような強い口調で言った。

「そうね」由紀は頷《うなず》いた。

「二人とも殺される可能性もあるしね」

その言葉に裕太は、なにも言い返せなかった。


丸山と美奈子は、パソコンのモニタを見ながらひそひそ話をしていた。

「なにか危険があっても、あの二人の後にやれば心配はいらない」

美奈子は小さく頷いた。

丸山は検索欄に自分の生まれた「１９６０年」と入力して、検索をした。

画面の左上からカッパのキャラクターが泳ぐようにして現れる。

他の人と同じ検索をしても駄目だよ。自分探しの旅は、人それぞれ。

検索は、しっぱ〜い。それじゃ、お仕置きを楽しみに……。

カッパのキャラクターは泳ぎながら、画面の右下に消えた。

「お仕置き……」

丸山はそう言うとマウスを離し、二、三歩後退《あとずさ》りした。

横にいた美奈子も怯《おび》えている。

二人の様子を見て、裕太もただごとではないことが起きていると気がついた。

「お仕置きよ」

由紀は冷めた声で言うと身構えた。

どうして由紀が簡単に丸山にマウスを渡したのか、裕太にはようやく意味が分かった。丸山にわざと間違いの検索をさせて、お仕置きがどういうものか試そうとしたのだ。

不気味な静寂の中、どこからか〝キーン〟というような金属音が響いてきた。歯医者が歯を削るのに使っているエアタービンの回転音のような音。

「この音？」

裕太は上を見た。天井一面が巨大スピーカーになっているのか……。

耳を切り裂くような音は徐々に大きくなる。

「頭が割れそうだ……」

普通に喋《しゃべ》れたのは、そこまでだった。

その音は人間の耐えられる限界以上のボリュームになり、五人の鼓膜を破壊しようとしている。

これがお仕置きなのか……。

裕太は両手で耳を塞《ふさ》いだが、その音を防ぐことはできない。

〝キーン〟という機械音が頭に突き刺さる。

頭が痛くて立っていることができない。床に膝《ひざ》をついて、頭を抱える。しかし、どんなことをしても、その音からは逃れられない。

まるで、鉄パイプで頭を殴られているようだ。目が大きく見開き、閉じることができない。眼球が今にも飛び出しそうだ。

頭蓋骨《ずがいこつ》がみしみしと音をたてている。

脳が悲鳴を上げている。

「やめてくれ！」と叫びたかったが、口を開けた途端、頭が破裂しそうで、声も出せない。

一回の検索失敗、このお仕置きで死んでしまうのか……。

裕太の目の前が真っ白になる。

あのメロディーが流れた。

裕太は目を覚ました。お仕置きで気絶したらしい。どうやらまだ生きているようだ。視界の端に、頭を抱えている由紀の姿が入る。裕太は体を起こすと周りを見回した。

丸山も美奈子もホームレスのような男もすでに起きている。

「ああああ……」

由紀が口に出して言っている。鼓膜が破れていないのか、確かめているようだ。

裕太も真似て「ああ……」と言って、耳の具合を確かめた。

裕太は頭上を見上げた。あの音は天井から聞こえてきたようだった。部屋全体がスピーカーのようになっているのだろうか……。

酸素タンクのタイマーを見た。

9:56

「私の声、聞こえる？」

由紀がこめかみを押さえながら、訊《き》いてきた。

「大丈夫」

「お仕置きは、連帯責任のようね」

由紀はけろりと言う。

裕太は、由紀のことが少し怖くなった。あのお仕置きは、由紀が丸山に仕掛けた罠《わな》のようなものだ。まさか、全員にお仕置きがあるとは思わなかったのだろう。それにしても、多少は責任を感じてもいいはずなのに、彼女にはそんな気はさらさらないらしい。

ふと裕太は、友人たちの由紀に対する評価を思い出した。冷静で情の薄い女。異名は、――氷壁《ひょうへき》の女。

やはり彼女には冷たい面があるのかもしれない。もし、このゲームが「バトル・ロワイアル」のように、最後の一人だけしか助からないルールだとしたら、裕太は由紀には絶対に勝てないような気がした。

丸山と美奈子はお仕置きに懲りたのか、床に座ったまま黙りこくっている。

ホームレス男は胡座《あぐら》に体勢を変えていた。顔は見せたくないのか、手で顔を覆っている。

「罠を仕掛けたの？」

裕太は小声で由紀に訊いてみた。

「あの男がやろうとしたことを止めなかっただけよ。同じ検索で成功すると思ってるなんて、考えが甘いのよ」

由紀は丸山たちに容赦ない。

「それより、さっきのあの音どう思う？」

「う、うん。……拷問でも受けたみたいだ」

「あんなに大きな音だったのに、鼓膜が破れていないなんて、おかしいと思わない」

「ぼくは生きているだけでも、不思議だよ」

「まるで拷問の兵器みたい。あんな音、個人が作れるものじゃないわ」

「どういうこと？」

「ここに閉じこめた犯人は、私たちが思っている以上に大きな組織かもしれない」

由紀はそう分析したが、発想の豊かな裕太は違うことを考えていた。

「ぼくたちをここに閉じこめたのは、宇宙人だったりして……」

しばらく間があった。

「ありがとう。普段ならそのジョークで笑っていたわ」

由紀は眉《まゆ》一つ動かさずに言った。

「ジョークじゃないんだけど……」

裕太の声は、由紀には聞こえなかったようだ。

由紀は肩を軽く上下させたり、首を大きく回したりして、体の凝りをほぐした。そして、最後に大きく息を吐くともう一度、パソコンに向かった。

モニタは、検索画面に戻っている。

由紀は、検索画面に「東埼大学」と打ちこもうとした。しかし、文字は打てなかった。

「そういうことか……」

「どうしたの？」

「検索に成功した者は、二回目の検索ができないシステムみたいよ」

「そうなの……」

由紀は検索画面に文字を打ちこんでも、なんの反応もしないところを裕太に見せた。

「本当だ」

由紀がマウスを動かす。検索はできないが、マウスは動かせる。

「どうしてかしら、マウスは使えるみたい」

由紀は［お気に入り］というメニューをクリックした。

意外なことが起きた。

［お気に入り］のプルダウンメニューが表示される。［お気に入り］とは、再び訪れたいウェブ・サイトを登録しておくところだ。

「開いた」

「他のメニューは?」

裕太に言われて、由紀は他のメニューをクリックした。

けれども[お気に入り]以外のメニューは開くことができなかった。

由紀は頭を捻《ひね》りながら、もう一度[お気に入り]をクリックした。

プルダウンメニューが表示される。しかも、登録されたリストが一つある。

[仲間]というタイトルがついている。

犯人グループが連絡を取り合うのに使ったのだろうか、それともまったく関係のないものだろうか。

裕太と由紀はモニタを睨《にら》んだ。

「なにか分かったの?」

声をかけてきた美奈子の声は、今までの棘《とげ》のあるものではなく、場違いなほど陽気な声だった。丸山の失態に見切りをつけて、由紀と裕太の仲間になろうとでも思っているのだろう。

「[お気に入り]が使えるみたいよ」

由紀は面倒くさそうに答えた。

裕太はちらりと由紀の顔を覗《のぞ》き見た。美奈子とは同じ空気を吸うのも嫌という雰囲気だが、だからといって彼女のことを邪険にはできない。

なぜなら、お仕置きは連帯責任。

もし、美奈子がおかしな検索をしたら、またあの音が鳴る。いや、同じお仕置きとは限らない。次はもっと強烈な仕掛けがあるかもしれない。それを考えると、いくら彼女のことが嫌いでも無視はできない。

由紀は［仲間］をクリックした。

画面が変わり、文字の羅列を映す。

一瞬、それが何のページか分からなかった。

「あっ！」

最初に気がついたのは裕太だった。そして、すぐに由紀も。

「チャット！」

チャットとは、ネットワーク上でリアルタイムでメッセージのやり取りができる、まさに「おしゃべり」の場だ。チャットが使えるのなら、メールより確実に自分たちの置かれている状況を外に知らせることができる。

「これで、助けを呼べる」

裕太は大きな声を出した。しかし、隣にいる由紀は浮かない顔だ。

「どうしたの？」

「この部屋を作った連中が、こんな簡単なミスをするとは思えないの」

「そう言われたら、そうだけど……」

「これ……なんのチャット・ルーム？　まさか出会い系サイトじゃないでしょうね」美奈子が訊く。

「まともなサイトであってほしいわね」

そう言うと、由紀はモニタに映った文字を目で追う。

裕太もチャットのメッセージに目を向ける。なにか嫌な予感がする。


Room1・検索は、何回失敗した？

Room5・三回。まだ、成功はない。

Room2・お仕置きは？

Room5・地獄だよ。

Room1・まだ、全員生きているね。

Room5・生きてるけど、最後まで生き抜く自信はないよ。

Room1・そんなことじゃ駄目だ。みんながついている。絶対に脱出できる。

Room5・本当にそうだろうか？

Room1・みんなで協力すれば、脱出は可能だ。

「これって、もしかして……」

由紀は急いで画面をスクロールさせ、履歴の一番古いメッセージを呼び出した。

「仲間って、つまりこういうことみたいね」

いち早くメッセージを読んだ由紀が、諦《あきら》めとも怒りともつかない声を出す。

裕太もチャットの最初のメッセージを読む。

Room1・誰かこのページを見ている人がいたら、メッセージを書きこんでほしい。ぼくたちは何者かによって監禁された。これはいたずらじゃない。信じてもらえないかもしれないが、ぼくたちはドアのない部屋に監禁されている。誰か、このメッセージを読んだら警察に知らせてくれ、それからメッセージを書きこんでくれ。ぼくの名前は佐藤清《さとうきよし》。早稲田《わせだ》大学政治経済学部の三年生だ。これはいたずらじゃない。誰か、助けてくれ。

Room1・SOS。助けてくれ、誰かこのメッセージを読んだ者がいたら返事をくれ。ぼくたちは何者かに監禁されている。これはいたずらじゃない。お願いだ。メッセージを書きこんでくれ。

Room1・このページを見てくれている人はいないのだろうか。ぼくの名前は佐藤清、それに友人の新山晋吾《にいやましんご》、高野浩之《たかのひろゆき》。早稲田大学の学生だ。調べてもらえば、いたずらではないと分かる。ぼくたちの他に二人がここに監禁されている。誰か、助けてほしい。このページを読んでいる人がいたら、返事がほしい。警察にも知らせてほしい。

Room2・嘘だろう！　実は、ぼくたちも監禁されているんだ。

Room1・からかわないでくれ、ぼくたちは本当に監禁されているんだ。

Room2・信じられないだろうけど、それはぼくたちも同じだ。それにこのハンドルネームは、ぼくたちがつけたものじゃない。パソコンのシステムに細工がされていて、インターネットの検索はできるようだが、メールは送れない。なぜかこのページだけは、お気に入りに入っていたんだ。

Room1・まるで同じだ。なんということだ、同じような人が他にもいたなんて。そっちの状況を教えてくれないか？

Room2・人数は五人。ドアも窓もない部屋に監禁されている。酸素タンクの残りは十二時間。いや、もう十時間三十分足らずの酸素しかない。

Room1・おかしなクイズを出されたか？

Room2・あなたは、な〜に？　というクイズだ。

Room1・同じ。

裕太はそのメッセージを見て、落胆した。誰の説明もいらなかった。そのメッセージを読んだら、なにが起きているかは明白だ。

「ぼくたちと同じように監禁されている人たちが、あと三組いるってこと」

「違うわ。少なくとも全部で五組よ」

由紀が言う。

「どうして?」

「ルームナンバーを見て」

「そうか! ルームナンバー5というハンドルネームがあったね。つまり部屋は少なくとも五つ」

ハンドルネームとはネット上のニックネームのことだ。インターネット上のメッセージ交換は誰が見ているのか分からないので、匿名でやり取りすることが多い。その時にハンドルネームを使うのだ。普通は操作する人物がハンドルネームを考えるのだが、ここではすでに決められているようだ。

「ここは、ルーム3ね」

由紀が壁にスプレーされた「Room No.3」を指差して言った。

「メッセージを書きこんだ方がいいんじゃない?」

裕太が訊《き》く。

「少しチャットのやり取りを読んでみましょう」

由紀は慎重になっている。

裕太は言われたままにルーム1とルーム2のチャットのやり取りに目を通す。


Room1・監禁されている人物構成を教えてくれないか。

Room2・ぼくは小さな旅行会社の社長をしている。ほかにはフリーターの男が二人に、専門学校生の女の子が二人だ。

Room1・ぼくたちは早稲田大学の学生が三人、会社員一人と、フリーターの女が一人だ。


由紀は読み終わると、ページをスクロールさせる。

途中からルーム5もチャットに参加してきていた。どの部屋もここと同じ作りの部屋で、閉じこめられている人数は五人のようだ。そして、各部屋ともに同じクイズが出題されている。

「本当に宇宙人の仕業に思えてきたわ」

由紀が言った。

「いつまで、見てるの？」

美奈子が苛々《いらいら》した口調で言ってきた。

「どうしよう？」

由紀が裕太に、意見を求める。常に冷静に行動しているように見える由紀だが、彼女も悩みながら操作をしているのだ。

「う、うん……」

裕太は、また煮え切らない態度をとってしまった。頼りない裕太に由紀は肩をすくめた。

「メッセージを送るわね」

そう言うと、由紀はキーボードを叩《たた》いた。


Room3・こちらはルーム3です。履歴を読みました。私たちも同じ状況です。

Room1・遅かったね。そろそろ来る頃だと思っていたよ。

Room2・もしかして、お仕置きされた？

Room3・されました。

Room2・ぼくたちは、みんな仲間のようだよ。

Room1・登録が［仲間］になっていたね。

Room2・助かるには、協力し合う必要があるよ。

Room5・ルーム3のお仕置きは、どういうものだった？

Room3・頭が割れるような凄《すご》い音がしました。

Room5・ぼくたちとは違うね。

Room3・どんなでしたか？

Room5・ぼくたちのは毒だ。

Room1・毒？　毒って、どんな？

Room5・検索で失敗した後、お腹の中でなにかが弾《はじ》けるような音がした。そして、お腹が痛くなった。吐き気がして、食中《あた》りでもしたようだった。

Room2・ルーム1は、どんなお仕置き？

Room1・まだ検索もしてないんだ。脱出の方法はないか調べていたら、チャットを見つけた。

Room2・ぼくたちのお仕置きは、ルーム3と同じだ。

Room1・検索は？　成功したの？


裕太たちはモニタに目が釘付《くぎづ》けになった。

「いよいよ本題だな」と、丸山がつぶやく。

四人は揃って固唾《かたず》を呑《の》んで、ルーム2からの返事を待った。

Room2・成功した。

Room1・どういう検索をしたの？　内容を教えてください。

Room2・生まれた年で検索。うちは１９７０年でしてみた。

Room3・同じ。こっちは、１９８７年。

Room1・やってみようかな？

Room2・ルーム５も参考にしてくれ。

Room1・検索は年だけ？　月日も入力するべきかな？

Room3・年だけで大丈夫。ただし、同じ検索を二度するのはダメらしい。

Room1・ありがとう。やってみるよ。チャット仲間が見つかって嬉《うれ》しいよ。勇気が湧いてきた。


由紀はモニタから視線を外すと、目頭を押さえた。目が疲れたのだろう。

「大丈夫？」と、裕太が声をかけた。

「ビタミン入りの目薬持ってる？」

由紀はわざと無理を言った。

「なにもないよ」

「そうよね」

由紀はイラついているようだ。

裕太は仕方なく、視線を逸《そ》らして部屋を見回した。すぐに感情的になる美奈子、パソコン操作にあまり詳しくなさそうな丸山、自殺志願の男……。このメンバーと共に命がけのゲームをしなければならない由紀は、どう思っているのだろう。あまりの運の悪さに、神を呪いたくなっているのではないだろうか……。


少しの間、新しいメッセージはなかった。

ルーム1とルーム5は、生まれた年で検索しているのだろう。

「そういえば、一部屋だけチャットしてこないね」

裕太はずっと気になっていたことを口にした。

「ルーム4ね」

「チャット・ルームに気付いてないのかな？」

「気がついているけど、メッセージを送っていないのかも」

「他の部屋の動きをうかがっているんだ」

丸山が会話に入ってくる。

「それが一番賢いかもしれないわね」

モニタを見ると、新しいメッセージが書きこまれている。

「ルーム1からメッセージだよ」

裕太が言うと、みんなの視線がモニタに移る。

Room1・ルーム2とルーム3、情報ありがとう。検索は成功した。ぼくの数字は2だ。

Room5・ぼくたちも成功した。でも、そこから出た数字は教えたくはない。

Room2・そうだね。すべてをさらけ出す必要はない。だが、嘘はやめよう！　ルーム5はなにか隠しているね。

Room1・ぼくたちも気がついていたよ。ルーム5の検索成功は二回目だよね。


ルーム5からの返事はない。

どうして、ルーム1とルーム2は、ルーム5が嘘をついたと言ってるんだろう。

裕太は考えを巡らせる。

チャットのやり取りで、なにか不審な点でもあったのだろうか……。

「もしかして……」

由紀が口を開いた。

「すべての部屋が同じルールだとしたら、ルーム5はすでに一度は検索に成功しているわ」

「どうして、そんなことが分かるんだ？」と、丸山が訊《き》く。

「ルーム5は、お仕置きを受けたと言っていたでしょう。考えてみて、私たちがお仕置きを受けたのは、二回目の検索で失敗した時よ」

「だから？　なんなんだ」

ここまでくると、丸山や美奈子の勘の悪さに由紀が苛立《いらだ》つ。

「小野寺君は分かるでしょう？」

「いや、それが……」

裕太は頭を掻《か》いた。

「カッパよ」

カッパ……。由紀の意外な一言が、裕太の頭の中を駆け巡った。

「あっ！」

回路が繋《つな》がった。一回目の検索の後に、モニタに現れたカッパ。

「なに？」

美奈子が訊いてきた。その横で、腕組みをした丸山がむずかしい顔をして立っている。

モニタに、ルーム2のメッセージが書きこまれた。

Room2・連絡してこないのは自由だけど、ぼくたちは助け合った方がいい。君たちが検索に成功したキーワードを教えてほしい。

それでもルーム5からの返事はない。

「ねぇ、カッパってどういうこと？」

美奈子がうるさいので由紀が説明をする。

「一回目の検索はサービスで、空クジなし。必ず成功にしてくれる。検索の失敗、お仕置きがあるのは二回目からよ。ルーム5はお仕置きを受けたと書いてあった。つまり一回目の検索は成功して、二回目以降で失敗したのよ」

「正解のキーワードはなんなのかな？」

裕太の問いに答える者はいない。

「それが分かれば、苦労しないか……」

Room1・どうやら、ぼくたちは正直過ぎたみたいだ。でも、ルーム5を責めることはできないよ。責めるべきは、ぼくたちをここに閉じこめた人物だ。それ以外の人に怨《うら》みはない。

ルーム1の言う通りだ。敵はこの中にはいない。真の敵は外にいるのだ。そのためには無事にここから出ることだ。キーワードは自分たちで見つけるしかないのかもしれない。

Room5・一回目の検索は、名前だ。成功した。


「名前！」

思わず由紀の声が裏返った。なんと簡単な答えなのだ。クイズの問題は「あなたは、な～に？」だ。その問いに、最初に思いつくのは名前かもしれない。

由紀はキーボードを叩《たた》いた。


Room3・ルーム5、ありがとう。検索してみます。


由紀はチャットページから早速検索画面に戻した。

「ぼくが代わるよ」

裕太がパソコンの前に立った。

「ねぇ」

裕太が振り向くと、美奈子が不安そうな顔で見ている。

「信用して大丈夫なの？」

「それは分からないけど……。でも、闇雲に検索するよりはいいんじゃない」

「もうあんな目にあうの懲り懲りよ」

「ぼくもお仕置きは嫌だよ」

「それじゃ、大丈夫なのね」

美奈子はそこまで言うと急に黙った。

裕太は美奈子が退散したと思ってパソコンに向かった。しかし、美奈子が黙ったのには理由があった。下がるように指示した者がいたのだ。

裕太が検索欄に名前を打とうとした時、ずしりと重たいものが肩にのしかかり、後ろに引っ張られ倒れた。床に転がった裕太が見上げると、丸山が立っている。

「名前で検索するんだな」

そう言うと、丸山はパソコンに向かった。

「卑怯《ひきょう》よ！」

由紀が叫ぶ。

「この部屋じゃ、なにが起きるか分からないからな。先に抜けさせてもらうぞ。文句はないな」

ドスの利いた声を出して、丸山が凄《すご》む。

丸山はただの小太りではない。広い肩幅に盛り上がった胸の筋肉、丸太のような腕……。

由紀と裕太が二人がかりで挑んでも勝ち目はないだろう。

「いいよ、勝手にどうぞ」

諦《あきら》めた声で裕太が言う。はなから裕太には争うつもりはない。丸山と本気で戦ったら、誰かが怪我をする。それに、名前の検索も百パーセント成功するという保証はないのだ。

丸山は裕太に背中を向けて、パソコンに向かった。

「大丈夫？」

床に倒れている裕太に手を差し伸べたのは、由紀ではなく美奈子だった。

「ありがとう。でも、大丈夫だから」

裕太はその手を借りずに立ち上がった。

「弱い男なの」

美奈子はすまなそうな表情でつぶやいた。

「えっ？」

「強がっているけど彼、弱い男なの。許してあげて」

美奈子は優しい顔をした。綺麗《きれい》とは言えないが、それでも少しだけ彼女が魅力的に見えた。

裕太はまだ女を知らない。それ故、二十近くも年上の化粧の落ちた、疲れた顔の女が、一瞬でも魅力的に見えたことが信じられなかった。

すでに美奈子の視線は、丸山の背中に向けられている。

裕太は豆鉄砲を食らった鳩のような顔をして、美奈子の背中を見ていた。

パソコンの前では、丸山が検索欄に「丸山一彦」と打ちこみ、検索ボタンをクリックしていた。

間がある。

「成功している」沈黙に耐えきれず丸山が言う。

モニタに大笑いしているカッパのキャラクターが現れる。

やった、当たり……じゃない。当たり前の検索しちゃったね。

でもね、これはあなたじゃダメーなんだ。それじゃ、お仕置きだべ〜。

丸山の表情が固まった。

美奈子の顔がさっと青ざめ、逃げ場はないが後退《あとずさ》りする。

「検索は失敗よ」

由紀が、裕太に知らせる。

沈黙が訪れた。

〝ポン〟とシャンパンの栓が抜けるような音が聞こえてきた。

「この音、なんだ？」

裕太の額に脂汗が浮く。その音は外からではなく、体の中から聞こえてきたのだ。腹の中で、なにかが爆発した。裕太は右手で腹を押さえた。

「なんだ、これは！」

右手の下でなにかが動いている。

「どういうことだよ。なんだよ、これ？」

右手をゆっくり離してみる。シャツの上からでも、腹の中でなにかが動いているのが分かる。

なにかが体内で蠢《うごめ》いている。

ま、まさか、そんなことが……。

まるでSF映画「エイリアン」の一作目のようではないか。

一等航海士のケインが腹の中にエイリアンの卵を産みつけられ、それとは知らずに食事をする場面がある。ケインは急に呻《うめ》き声を上げて苦しがる。そして、腹の中で成長した子供のエイリアンがケインの胸を突き破って出てくる。あのシーンと同じことが、今、自分の体内で起きている。

口の中に唾液《だえき》が溢《あふ》れてきた。

腹の中でなにかがゴロゴロと動いている。

胃から酸っぱいものが上がってきて、口の中に溢れた。吐き出すと、濃い緑色の液体が白い床に広がり、腐ったような臭気が室内に充満した。腹がきりきり痛み、立っていられない。膝《ひざ》を床についたが、体を起こしているだけの力もなく、無様に床に転がる。それでもまだ胃から液体が勢いよく上がってきて、口からだけではなく鼻からも溢れ出た。その液が鼻腔《びこう》に詰まって、息ができない。痛いのを我慢し、思い切り鼻から息を噴出してみた。ごぼごぼと音がして、液体が排出され、呼吸ができるようになった。しかし、それでも腹の激痛と嘔吐《おうと》は止まらない。由紀たちは、他のみんなはどうなったのだろう……、だが裕太には他人を見る余裕などまったくなかった。

自分の意思とは関係なく、床を転げのたうち回る。どんなことをしても痛みは弱まらない。まるで体が壊れてしまったように床を転がる。腹に手を触れてみる。なにかが動いている。

も、もう駄目だ。今度こそ死んでしまう……。そう思った途端、唐突に痛みが弱まった。助かったのか？　お仕置きは終わったのだろうか？　すると、目の前に由紀の姿が見えた。

由紀には、お仕置きがなかったのだろうか。腹を押さえているようだが、それほど苦しんでいるようには見えない。霞《かす》む視線で周りを見た。

由紀も美奈子も丸山も若い男も苦しがっている。ただ、痛みには差があるようだ。由紀と美奈子は嘔吐まではしていない。それに対して丸山と若い男は、床を転げ回って苦しんでいる。

裕太は酸素タンクのタイマーを見た。腹が痛み出してから五分くらいたっただろうか、いや、もしかすると一分もたっていないのかもしれない……。どちらにしても、もう充分苦しんだ。お仕置きならこれくらいにしてくれ……。

裕太の腹痛は一段落していたが、終わったわけではなかった。再び体内の虫が動き出した。どうやら、内臓の中を動いているようだ。腹の皮膚が盛り上がったり、引っこんだりしている。

もし、仮に「エイリアン」の一作目と同じだとしたら……、最後は胸を突き破られる。意識が霞んで気絶しそうになると、体内の生物の動きは弱まった。生き地獄だ。苦しめるために、痛みを強くしたり弱くしたりしているようだ。まともに動くことができない。裕太は、床に倒れたままぴくぴく痙攣《けいれん》した。

倒れているうちに、腹部の痛みは突然消えた。お仕置きが終了したのだろうか……。

裕太は、しげしげと腹を見ながら撫《な》で回した。さっきまでいたと思われる生物の形跡は消えている。背中か下半身か、あるいは頭にでも移動したのだろうか？　まるで、煙のように消えてしまっている。

束の間、悪夢でも見ていたようだが、床に広がった汚い液体と悪臭が現実だと物語っていた。

痛みの治まった裕太は腹に虫が這《は》い、激痛になったと由紀に話した。しかし、彼女はただの腹痛だと言った。

「痛みで幻覚を見たんじゃない？」

「でも……」

「毒入りのカプセルでも飲まされていたのかもしれないわね。検索に失敗したら、外から信号を送って、それを破裂させる。まぁ、可能性の一つだけどね」

「そうかな？」

「強い毒で、一時的に幻覚を見せられたのかもしれないわ」

「あれが幻覚……」

にわかには信じられない。しかし、由紀の言うことにも一理ある。仮にあれが本当に虫だったとすると、まだ体の中にいることになる。あれだけの生物が体の中に潜んでいれば、間違いなく痛みや違和感があるはずだ。それがないということは、幻覚だと推理する方が自然だ。

裕太は無理矢理そう思うことにした。そうしなければ、正気を保っていられない。

「川瀬さんは、あまり痛くなかったの？」

「うん。私と彼女はあまり痛くなかったみたい」

由紀は美奈子に視線を投げた。

「もともと女性は痛みに強いのかもしれないわね。出産があるし……」

「ふーん、男の方が痛みに弱いものなのか」

「そうじゃなければ、女性には手加減してくれたのかも。毒の量が少なかったのかもしれない」

「しかし、この臭いは凄《すご》いね」

「仕方ないわよ。臭いけど、我慢しましょう」

由紀はそう言って、パソコンに向かった。

さいわい空調は利いているようで、臭気がこもることはないようだ。

裕太は酸素タンクのタイマーを見た。

9:12
クイズの締め切りは、タンクの酸素量の一時間前だった。ということは、あと八時間と十二分。検索は成功が一回、失敗が二回、残り七回の検索で四人を成功させなければならない。

「どうして、あの検索が駄目だったんだ?」

丸山も裕太と同じように腹をさすりながら、つぶやいている。

「謎を解くしかないわ」

由紀はパソコンの前に行き、もう一度［仲間］のチャット・ルームを開いた。メッセージがいくつか追加されている。由紀が最後に打ったメッセージまで戻ってみる。

あの後、他の部屋はどういうメッセージのやり取りをしたのだろう……。

Room5・一回目の検索は、名前だ。成功した。

Room3・ルーム5、ありがとう。検索してみます。

この後だ。


Room2・ルーム3、名前検索は間違いだ。やめるんだ。


「はやとちりだったわね」

由紀は独り言を言うと、次のメッセージを読んだ。

Room5・どういうことだ。ぼくたちはそれで成功した。嘘じゃない。

Room2・そんなはずはない。ぼくたちも名前で検索をした。失敗だった。

Room5・嘘つき呼ばわりするな！　親切で教えたんだぞ！

Room2・そうじゃない。ルーム3、メッセージを送ってくれ。心配だ。

Room5・心配はいらない。名前で検索したら、成功する。

Room2・疑っているわけじゃない。でも、ぼくたちはそれで失敗して、お仕置きがきた。

Room5・名前を打ち間違えたんじゃないのか。

Room2・そんな間違いはしない。ルーム3になにかがあったら、責任はルーム5にあるからな。

Room5・言いがかりだ。


ルーム2とルーム5の激しいメッセージのやり取りが続き、途中からルーム1が仲裁に入る。

どうやら、ほかの三部屋は由紀たちのことを心配しているようだ。

「無事を知らせた方がよさそうね」

「検索に失敗したこともね」

後ろからモニタを見ていた裕太が言う。

「ルーム5は要注意だな」

一番信用できない丸山がそんなことを言った。

Room3・私たちは無事です。ただ、名前での検索は失敗でした。

Room2・お仕置きは大丈夫だった？

Room3・全員、無事です。

Room5・そんなはずはない。ぼくたちは名前で検索して、成功した。

Room3・ルーム5、あなたたちを疑ってはいません。きっとからくりがあるんだと思います。

Room1・一人一人に決まったキーワードがあるのかもしれない。


「これは、あなたじゃ駄目なんだ」

由紀が唐突にそんなことを言う。

「なに？」

「名前で検索した後に、モニタに現れたカッパがそう言ってたわ」

これはあなたじゃダメーなんだ。

「それじゃ、他の人ならいいということかな……」

「小野寺君、それ当たりだと思う」

由紀はキーボードを叩《たた》いた。

Room3・ルーム1の言う通りかもしれない。一人一人、キーワードがあるのかもしれない。


Room2・その可能性はある。

Room1・詳しい人物構成を教えてくれたら、参考になるかもしれない。

Room5・三人はサラリーマンだ。あと二人の女の子はＯＬ。

Room1・名前の検索で、成功したのは誰か教えてもらえるか？

Room5・三浦慎太郎《みうらしんたろう》、二十八歳。

Room1・ルーム2とルーム3、この名前から、なにか自分たちと共通するものはありますか？　ぼくたちは今のところ、誰も共通する人物がいない。

Room2・いないね。


「三浦慎太郎、誰か知ってる？」

由紀がそう言って、みんなの顔を見る。

裕太が首を横に振る。丸山も美奈子も同じだ。ホームレスのような男は由紀の話を聞いていなかったが、由紀はこの男のことは気にしなかった。

Room3・いない。

Room1・ルーム3の人物構成は？

Room3・女子大生、映画の専門学校生、サラリーマン、ＯＬ、若い男。

Room2・若い男って？

Room3・分からない。自殺志願者というところ。

Room1・女子大生はどこの大学か、教えてくれるかな。


裕太は由紀の顔を見た。その顔には「しまった」と書かれている。彼女は、丸山と美奈子に東京大学の学生だと嘘を言ったので、本当のことが書けない。由紀は仕方なく「東京大学」と書きこみをした。

他の部屋から「頭いいんだね。頼りにしてるよ」と返事がくる。

嘘を書いた由紀は、苦虫を嚙《か》み潰《つぶ》したような顔をしている。裕太は由紀の嘘が、今後、大きな問題にならないか、心配だった。

その後もしばらく、メッセージのやり取りは続いたが、これという情報はなかった。

また、あのメロディーが流れた。このメロディーはメールの着信を知らせる音ではなく、時報だったようだ。酸素の残りは九時間、クイズの締め切りまではあと八時間だ。チャット・ルームを見つけて、他の部屋と協力してクイズの答えを見つけようとした時は、希望があった裕太だが、今はふりだしに戻ったような気分だ。頭に「絶望」という文字が浮かぶ。最悪の事態になっても、由紀だけは助けたい。裕太は心の底からそう思っていた。

時間はまだあるが、このままじっとしていても死を待つだけだ。一か八か「小野寺裕太」と入力して検索をしてみようかとも思うが、成功する確率はきわめて低いだろう。

検索に成功した名前は「三浦慎太郎」、失敗した名前は「丸山一彦」。なにか理由があるのだろうか。それとも、それぞれの人物にキーワードが決められているだけなのだろうか……。

　みんな、無言で考えている。

　時間が無意味に過ぎていく。

　裕太は、沈黙に耐えきれなくなり、部屋の中をうろうろと歩き出した。少し体を動かすだけでも筋肉がほぐれてリラックスできる。しかし、裕太の行動が目障りに思う者もいる。

「うろうろしないでくれる！」

　怒鳴りつけたのは美奈子だった。彼女の声に、部屋の空気がピンと張りつめる。

「ごめんなさい……」

「いいわ、別に……」

　裕太は動くこともできず、じっとその場に立ち尽くした。

「三浦慎太郎か……」

　裕太が口にすると、その名前に反応した者がいる。ホームレスのような男が裕太を見ている。

「三浦慎太郎がどうか、した？」

　ホームレス男が、独特なイントネーションで訊《き》いてきた。

「知ってるんですか？」

「あぁ……」

それを聞いて、由紀や丸山もホームレス男に目を向ける。

ホームレス男は慌てて、顔を伏せた。

裕太が話しかけようとすると、由紀が男の前に飛んできた。

「あなた、名前は？」

「な、な、なんで、ぼ、ぼくが名前を言わないといけないんだよ」

名前を訊かれてホームレス男は動揺した。

「三浦慎太郎って、知り合い？」

「ああ、まぁ、昔の……」

「どういう知り合い？」

間髪を容《い》れずに由紀が訊く。

「どういうって……」

ホームレス男は、それ以上は言いたくないようだ。

「言いたくないなら、言わなくてもいい。でも、あなたの名前は教えて」

男は顔を上げた。げんなりしている。

裕太はその顔に見覚えがあった。しかし、どこで見たかは思い出せない。

「分かった。言わなくてもいい。でも、検索してほしいの」

由紀の口調は、まるで誘拐犯に対している交渉人《ネゴシエーター》のようだ。

「どうして、ぼくがそんなことをしないとならないんだよ」

男の話し方は少し訛《なま》っている。興奮して地が出てきたようだ。

「みんなが助かるためなの。あなたが名前で検索してくれたら、なにか分かるかもしれないの」

「ぼ、ぼくのことは放っておいてくれないかな」

裕太はじっと男の話を聞いた。この訛りは茨城、群馬、栃木あたりだろうか……。

「ぼ、ぼくなんか、どうでもいいんだ」

この声に裕太は聞き覚えがある。どこで聞いたのだろう。裕太は冷静に考える。友人や知り合いでもないのに聞いたことのある声ということは、映画、テレビ、ラジオ……。有名人だとしたら、俳優、スポーツ選手、ＤＪ、タレント……。

タレント、あの話し方は、お笑い芸人の話し方のようだが、茨城弁の芸人……。

「あっ！」

裕太は、ホームレス男が何者か思い出した。

「まんだん忠治《ちゅうじ》！」

裕太は思わず叫ぶ。

ホームレス男の淀《よど》んだ目がじろりと裕太を睨《にら》んだ。

由紀も丸山も美奈子も、その名前に聞き覚えがあった。

まんだん忠治とは、五年ほど前にテレビに出ていたお笑いタレントだ。茨城弁で情けない体験談を話しては笑いをとっていた。人気があったのはほんの一時期で、お笑いブームが去るとテレビから姿を消した。昔は、綺麗《きれい》なマッシュルーム・カットのヘアスタイルが特徴で、今のようなぼさぼさの髪ではなかった。それでも、この男は「まんだん忠治」に間違いない。

「まんだん忠治って、『ぼく、なにをやってもダメなんですよね～』って茨城弁でギャグをやっていたコメディアン？」

美奈子は嘲笑《ちょうしょう》するように言って、忠治の前にやってくる。

忠治は必死に顔を隠した。

「あなたみたいな芸人、一発屋って言うんでしょう」

「う、うるさいな。ぼ、ぼくのことは放っておいてくれ！」

茨城訛りではいまいち迫力はないが、忠治は怒っているようだ。

「本当にまんが忠治なの？」由紀が訊く。

「まんだんだ！」

由紀は芸能関係には疎いようだ。

「間違いないよ」

裕太が助け船を出す。

「まんだんさん、お願いだから検索をして」

ホームレス男が何者か分かっても、由紀の交渉態度は変わらない。

みんなに注目され、忠治は下を向いてしまった。

「もしかして、三浦慎太郎っていうのもタレントかな」

裕太の問いに、忠治が顔を上げた。その顔は裕太の知っているタレント「まんだん忠治」とは別人だった。全盛期の頃より痩《や》せている、というよりやつれたという方が当たっているだろう。それに気になるのは表情だ。いかにも卑屈な感じで、顔つきも随分と悪くなっている。

「三浦慎太郎か、懐かしいなぁ」

忠治はそう言うと、左右の手を顔の横にハの字になるように持っていき、それを波打たせるように外へ動かし「しんたろう〜」とおどけてみせた。

「あっ！」

裕太はそれがまんだん忠治と同じように、ほんの一時期うけていた「しんたろう」というデブ・タレントのギャグだと気がついた。

「それじゃ、三浦慎太郎ってあの太っちょのしんたろう？」

忠治は無表情で頷《うなず》いた。

「間違いないわ。名前がキーワードなのは、あなたよ」

由紀は忠治の肩に手を置いた。

忠治は思わず由紀の顔を見た。由紀は蠱惑《こわく》の笑みを浮かべている。普段はさっぱりした言動が売りの男っぽい性格の彼女だが、その気になれば人並み以上の女の魅力も持っている。

「私を助けて」

由紀は目に涙を溜《た》めて言う。

「お仕置きは、ないだろうね」

自殺志願の忠治も、お仕置きは怖いようだ。

「ないわ」

由紀は優しく頷いた。

その言葉を信用したのか、忠治はゆっくりと立ち上がるとパソコンに向かった。

裕太たちは息を殺して、それを見守る。

「これ、なに？」

忠治はパソコンのモニタに自分の顔写真が映っているのを見て、横の由紀に訊いた。

「寝ている間に撮られたみたい」

「間抜けな顔だね」

「私の写真はなくなったけど、最悪の写りだったわ」

由紀の顔写真のあったところには、今は数字の「5」が入っている。

「どうすればいいの？」

「検索欄に、自分の名前を打ちこんで、検索をクリックすれば終了よ」

「本名かな、芸名かな？」

由紀は少し間をとって考える。イージーミスで検索を無駄にしたくはないのだ。

「ルーム5の書きこみには『三浦慎太郎』と書いてあった。芸名じゃないな」

裕太がアドバイスする。それを聞いて、由紀は「本名よ」と言う。

忠治は慣れない手つきでキーボードを叩《たた》き「和田《わだ》忠治」と打ちこみ、検索する。

みんなが固唾《かたず》を呑《の》んで見守る。

刹那《せつな》、不気味な静けさが部屋を包む。

モニタには、検索結果もカッパも現れない。その代わりに、忠治の顔写真が消え、「W・C」と二文字が入った。

呆気《あっけ》ない結果に、みんなが顔を見合わせる。

「どういうこと？」誰に訊《き》くでもなく、由紀がつぶやく。

忠治も意味が分からないようで、「これで終わり？」と訊く。

「そうみたい……」

由紀も曖昧《あいまい》に答える。

「お仕置きがないみたいだから、成功したんだよ」

由紀の迷いを察して、裕太が言った。

「W・C、どういう意味かしら？」と、美奈子が言う。

「トイレじゃないよね」

みんなが裕太の発言を無視し、部屋が静かになる。

「なにかの略かしら」

由紀に言われて、裕太もW・Cの意味を考える。ワールド・カップ、ホワイト・クリスマス、ウェディング・ケーキ、ワイン・カラー、ホワイト・カラー、若い血潮、悪い治安……。

「WにはWhat、Who、When、Whereのような、疑問の意味があるんじゃないかしら」

「あっ！」

裕太は映画学校のシナリオの授業で習った五つのWのことを思い出した。

「なに？」

「シナリオの授業で習ったんだ。物語を面白くするのには五つのWが必要だって。誰がのWho、いつのWhen、どこでのWhere、なにをのWhat、なぜのWhy。物語にはこの五つの要素が必要だって」

「ここにいる五人と五つのW、なにか関係があるかもしれないわね」

「W・Cって、ぼくのイニシャルだよ」

まんだん忠治がみんなが思ってもいないことを口にした。

目から鱗《うろこ》が落ちた。

単純過ぎて分からなかった。「和田忠治」で「W・C」なら、普通はイニシャルと気付く。

他の四人の顔から思わず笑みがこぼれる。

「でも、イニシャルだったらC・Wじゃないの？」と美奈子が言う。

確かに一般的には名前・名字の順で言うので、和田忠治ならC・Wだが……。

「どちらにしても、それが何なのかは不明ね」

由紀が「5」、忠治が「W・C」。

このキーワード、五つ揃うと意味のある言葉になるのだろうか……。

その時、どこかからエレベーターの到着を知らせるような短いメロディーが流れた。

「なんだろう？」

「この音、メール受信の合図じゃないかしら」

　由紀がメールソフトの画面に切り替える。

［受信トレイ］に、1通の未開封メッセージがあります。

由紀が受信トレイを開く。

「メールが来てるわ」

何処から送られてきたメールかは、送信者を見なくても想像がつく。ここのアドレスを知っている者は、裕太たちを閉じこめた人物しかいないのだ。

送信者：マスター
件名：途中経過

裕太の考えは当たっていた。送信者のマスターとは、裕太たちをここに閉じこめた者だ。

「なにをやりたいの！」

由紀は吐き捨てるように言うと、メールを開いた。


みなさん、頑張ってますか。

気軽に楽しんでくださいね。酸素がなくなったら、死ぬだけなんだから。

人は誰でもいつかは死にます。

そうです。人は生まれたときから、死ぬ運命なんです。

だからって、命を粗末にしてはいけませんよ。自殺は絶対に駄目です。

生まれてきたからには、一生懸命に生きなければなりません。

これが私の訴えです。

それじゃ、頑張れ！


由紀は黙ってメールソフトの画面を閉じた。

「閉じちゃっていいの？」

「このメールに深い意味なんてないわ。ただの嫌がらせよ」

「そうだね……」

裕太たちをこの部屋に閉じこめた犯人は、とことん嫌なやつのようだ。

「この検索項目、他の部屋に教えるの？」

美奈子が声を潜めて問いかけた。みんなが、顔を見合わせる。

「他の部屋を本当に信じていいかだな……」

丸山の口ぶりは、教えるのに反対のようだ。

「検索に成功したのはルーム5の情報のおかげだし、知らせた方がいいんじゃないですか」

「甘いな。ルーム5が教えてくれたのは、三浦慎太郎という名前だけだ。もし、本気で検索を成功させようと思っていたら、三浦慎太郎がタレントだと知らせるんじゃないか」

丸山の言う通りだった。ルーム5は必要最小限の情報しか知らせてこなかった。

「それじゃ、知らせないの？」

「川瀬さん、どう思う？」

裕太が訊くと、他の三人も由紀を見た。

由紀は少し間をとって考えてから「知らせる方がいいと思う」と言った。

「どうしてだ？」

「嘘の情報を流して、他の部屋に気付かれたら、どの部屋も情報を隠すようになる。私たちに残された検索回数は六回。それで三人の検索を成功させないとならないのよ。ほかの部屋からの情報が頼りだわ。情報交換があるかないかで、検索の成功率は大きく違ってくる」

「それはそうだけど……」

「多数決でもとりますか？」

裕太が言うと、丸山が「おねえちゃんの言う通りでいいよ」と答えた。

いつの間にか、由紀は五人のリーダー的な存在になっていた。まさか、東大生というはったりが効いているわけではないと思うが、彼女の意見には丸山も美奈子も逆らわないようだ。
由紀はチャット・ルームを開いた。新しいメッセージは書きこまれていなかった。

Room3・名前の検索で成功しました。

由紀が打ちこんでも、他の部屋からしばらく返事はなかった。チャット・ルームを開いていないのだろうか。少し間があってから、ようやくルーム1からの返事があった。

Room1・凄《すご》い。どうやって名前がキーワードの人物を見つけたの?
Room3・ルーム5で名前の検索に成功した「三浦慎太郎」さんは、タレントの「しんたろう」です。この部屋にも元タレントの「まんだん忠治」、本名「和田忠治」さんがいました。

また少し間があってから、今度はルーム2からのメッセージが書きこまれた。

Room2・タレントか元タレントだね。ここでも探してみるよ。
Room1・この部屋には、タレントも元タレントもいないよ。

Room2・ここにもいない。残念。

Room3・この情報、役に立たなかったみたいですね。

Room2・いや、ほかになにか共通点がないか、探してみるよ。

Room1・とにかく情報ありがとう。


悩んだ結果、知らせた情報はほかの部屋では役に立たなかったようだ。

「ほかの部屋のメッセージ、信用できると思う？」

由紀が振り向いて訊《き》いた。

「返事がくるまで、少し時間があったね」

「情報を知らせるか、隠そうか、悩んだのかもしれないわ」

「一番、信用できそうなのはルーム１か」

「一番、頭がいいのかもしれない」美奈子が口を挟む。

「どういうこと？」

「信用させておいて、ほかの部屋から情報を引き出すのよ」

「それじゃ、誰も信じられないよ」

「正直者は、損をするわよ」

「これで、いいのよ」

由紀がつっけんどんに言う。

「どうして？」と美奈子が訊く。

この二人はよほど相性が悪いらしい。まるで意見が合わない。

「この検索結果を知らせた目的は、情報を知らせることだけじゃないわ」

「ほかにも意味があるわけ？」

女二人で話させておくと喧嘩《けんか》になりそうなので、裕太が間に入る。

「私たちが隠しごとをしていないと、知らせたのよ。下手《したて》に出たの、私たちは正直です。だから、あなたたちも嘘は言わないで、情報をくださいって」

「そんなこと、上手《うま》くいくと思う……？」

冷たく美奈子が言った。裕太も同じ考えだった。こういう状況では、なにが起きるか分からない。由紀の言うように、下手に出たからといって、ほかの部屋が情報を知らせてくれるかは疑問だ。

裕太たちは、由紀の提案で少し休憩することにした。

酸素タンクのタイマーは8:25を示している。クイズの締め切りまで、あと七時間二十五分。

美奈子と丸山は、この数時間で体力を消耗し尽くしたようで、床に座りこんでいる。

忠治は自分の正体が知られたあとも、他の者と接触したくないらしく、部屋の隅に蹲《うずくま》っている。

裕太と由紀はモニタの見える位置に腰を下ろした。

モニタはチャット・ルームを映している。ここ数分、メッセージは書きこまれていない。

「酸素の力かな」

由紀が不意にそう言った。

「なに？」

「こんな状況なのに、冷静でいられるのは、純粋な酸素が供給されているからかもしれないわね」

そう言われると、最初はパニックを起こしていた美奈子も、今は大人しくしている。裕太も密閉された部屋の中にいるわりには、気分は悪くなかった。

「クイズが解けたら助かると思う？」

裕太は美奈子たちに聞こえないように、小さな声で訊いた。

「その前に、クイズが解けるかが問題よ。あと六回の検索で三人成功させなければならないのよ」

「検索項目、なにか思いついた？」

「クイズは苦手なの」

由紀はそう言うと、なぜかいたずらっ子のような笑顔を見せた。

「東京にあって、大阪にない……」

由紀がなにかおかしなことを言い出した。

「春と秋にあって、夏と冬にはない。お茶漬けにあって、カレーにない。これ、な～んだ？」

「なに言ってるの？」

「クイズよ」

「クイズ？」

「もう一度言う？」

「東京にあって、大阪にないんだろう。それと、春と秋にあって、夏と冬にない。お茶漬けにあって、カレーにない……」

「秋刀魚《さんま》にあって、鯛《たい》にない。おはようにあって、こんばんはにないって、な～んだ？」

裕太は考えるふりをしたが、こんな状況でクイズを出されても、答えが思い浮かぶはずがない。

「分からないの、映画の勉強してるんでしょう」

「映画に関係あること？」

「降参する？」

「ちょっと、待って……」

映画のことなら負けるわけにはいかない。しかし、この状況では頭が回転しない。

「答え教えようか」

由紀はまるで子供のようにはしゃいでいる。

「秋刀魚にあって、鯛にないんだろ……」

「あのね……」

そこまで言って、和らいでいた由紀の表情が、急に硬くなった。

「きた！」

由紀は大きな声を上げた。

「なに？」

「ほかの部屋が動いた」

裕太はクイズの答えを聞きたかったが、由紀はそんなことは忘れて、パソコンに向かった。

チャットに新しいメッセージが書きこまれている。

裕太も仕方なく立ち上がり、モニタに視線を向けた。

Room1・この数分間、ぼくたちは色々と考えたんだ。そして、一つの結論を出したから報告する。その前に、このメッセージを読んだら、返事がほしい。

Room2・メッセージ、読んだよ。

由紀も返事を打ちこむ。

Room3・メッセージ、読みました。
Room1・ルーム5はどうかな？

ルーム5からの返事はなかった。

Room1・まあ、いいか。ぼくたちは、まだ一回しか検索していない。それは成功だった。残り九回の検索ができる。それで、ダメ元で検索しようと考えている。
Room3・成功の見こみはあるの？
Room1・ないけど、今までの情報から失敗しても、苦しむのは十分程度だと分かっている。
Room2・でも、その十分は死ぬほど苦しいよ。
Room1・なにが起きるか知っていれば、苦しくても耐えられると思うんだ。

Room3・本音を言えば、ありがたい。私たちはもう無駄な検索をしたくない。

Room1・そこで、どういう検索で失敗して、どういう検索で成功したか、詳しく教えてほしい。それを参考にして、ぼくたちは検索をしてみるつもりだ。


由紀は丸山が生まれた年で検索して失敗したこと、同じ検索は二回許されないこと、頭が割れるような音のお仕置きがあったことを知らせた。


Room1・検索事項は五人全員が違うと考えられるね。

Room2・そう思わせておいて、それがさらに引っ掛けという可能性もある。

Room1・裏の裏ということか。

Room3・こちらは名前でも一回失敗している。その時のお仕置きは腹痛。痛みは個人差があるようです。

Room1・ルーム3、情報ありがとう。参考にしてみるよ。

Room2・ルーム1、検索項目はなににするか、決めているの？

Room1・実はもう考えてある。検索項目は履歴のようなものではないかと考えている。

Room3・同じ考え。

Room1・学歴や職歴など試してみたいことは諸々ある。そちらに会社員はいましたね？

Room3・います。

Room1・背広姿ですか？

裕太はこの書きこみが、どこか引っ掛かった。しかし、由紀は気にせずにメッセージを返す。

Room3・背広姿です。

Room1・ルーム2はどうですか？

Room2・同じです。それが、どうかしましたか？

Room1・選択肢の一つです。全員が無職なら、職歴での検索は除外される。

裕太はルーム1からの「背広姿ですか？」という質問が気になり続けていた。これは職歴を訊《き》いたものではない。本来なら「どこに勤めていますか？」などと質問するはずだ。「背広姿ですか？」という質問は妙だ。なにか違和感を持ちながらも、その質問がなにを意味するのかは分からなかった。

Room1・もう一つ有力なものがある。

Room2・なんですか？

Room1・出身地。

Room3・考えられる。

Room1・出身地で検索した部屋はある？

Room3・してない。

Room2・NO
Room1・ぼくたちの部屋には、東京出身者が三人いる。そして、全員の現住所は東京だ。

Room2・東京で検索するつもり？

Room1・そのつもりだ。ところで、途中からチャットに顔を出さなくなったルーム5、これを見ていて出身地か「東京」で検索していたら、結果を教えてほしい。

ルーム5からの返事はなかった。

「卑怯《ひきょう》な奴ら」

由紀が吐き出すように言った。

Room1・ルーム5から返事はないようだね。仕方がない。これから検索をします。少しここを離れるけど心配しないでください。朗報を待っていてください。

由紀がモニタから目を離すと、裕太が声をかけた。

「川瀬さんが考えていたのは、このことだったんだね」

「利用するつもりじゃないけど、待っていれば、どこかが動いてくれると思ったわ」

「出身地で成功すればいいけど……」

「なにか動きがあったのか？」

丸山がモニタを覗《のぞ》きこんだ。由紀はルーム１が実験台になって「東京」というキーワードで検索をしてくれると説明した。

「なるほど、キーワードは『東京』か」

「あなた、出身地はどこ？」

美奈子が裕太に訊く。

「札幌」裕太はそっけなく答えた。

「それじゃ、『東京』がキーワードなのは、私みたいね」

由紀は丸山に、出身地を訊く。

「私は新潟だ。現住所は埼玉県、所沢《ところざわ》。東京に関係してるのは、仕事先くらいだ」

検索に成功していない残りの三人で、「東京」に一番関係があるのは、美奈子のようだ。

由紀たちはルーム１からのメッセージを待った。

8:00~7:00

7:00~6:00

6:00~5:00

5:00~4:00

4:00~3:00

3:00~2:00

2:00~1:00

1:00~0:00

あのメロディーが流れた。

タイマーは8:00を表示している。クイズの締め切りまであと七時間。

みんな、じりじりしながらルーム1からの書きこみを待っていた。

最後の書きこみからすでに五分はたっている。

裕太は一回の検索に、どれくらい時間がかかるか考えていた。一分もあれば、検索して結果まで分かるはずだ。そう考えると、この五分は長い。検索は失敗だったのだろうか……。

「失敗したのかな……」

裕太は沈黙に耐えかねて言った。

「まだ分からないわ。待つのよ……」

重苦しい時間が過ぎる。
ルーム1の検索結果は直接、この部屋にも関わってくる。
裕太は祈るような思いで待った。
しばらくして、ルーム1からメッセージが書きこまれた。

Room1・検索結果を知らせる。成功した。

部屋の空気が一瞬、ゆるんだ。
由紀が大きく安堵《あんど》の溜息《ためいき》をつく。そして、キーボードを叩《たた》いた。

Room3・よかったですね。心配していたんですよ。
Room1・ありがとう。これも、みんなからの情報のおかげだ。感謝している。
Room2・ルーム1、おめでとう。ぼくたちも「東京」で検索してもいいかな？
Room1・もちろんだよ。そのために、やったんだ。
Room3・私たちも「東京」で検索してみます。

書きこみを終えた由紀は、パソコンの前で大きく伸びをした。

「そこ、どいて」

そう言って美奈子が由紀の横に来る。しかし、由紀は動かない。

「次に検索をするのは、私よ。あなたはもう終わったでしょう」

「急ぐ必要はないわ。ルーム2からの返事を待ちましょう」

美奈子は腑《ふ》に落ちないという顔をする。

「どうしたの?」

仲裁に入るように裕太が言う。

「念には念を入れるの。ルーム1が嘘を言っているかもしれないでしょう。検索に成功したと書いて、ほかの部屋に検索させることだって考えられるわ」

「そんなこと言ったら、どの情報が本物か分からないじゃない」美奈子が異を唱える。

「だから、ルーム2の検索結果を待っているの。それを見てからでも、遅くはないでしょう」

「いい考えだな」

由紀の考えに、賛同したのは丸山だった。もちろん、裕太も彼女の意見には賛成だったが、それよりも由紀の思慮深さが、なぜか怖かった。もし、彼女と付き合うことになったら、絶対に浮気はできない。いや、その前に付き合えるかどうかが問題だが……。いや、そのもっと前に、ここから無事に脱出しなければ、話にならないが……。

Room2・検索は成功しました。ルーム1、勇気ある行動と情報、ありがとう。

ルーム2からのメッセージが書きこまれた。

「下種《げす》の勘繰りだったみたいね」

由紀はそう言うと、パソコンの前を美奈子に譲った。

美奈子は、チャットの画面から切り替え、インターネットの検索欄に「東京」と打ちこむ。

裕太はモニタを見ながら、先のことを考えていた。これで美奈子の検索は終了する。残るのは、裕太と丸山の二人。五回の検索で二人の答えを見つければいい。先に光が見えてきた。

「これで、このゲームから抜けられるわ」

そう言って、美奈子は検索をクリックした。

忠治を除いた四人が、モニタに注目する。

成功すると分かっていても、検索結果は怖いものだ。

短い間があり、モニタにカッパが現れる。

「そ、そんな……」

思わぬ答えに、裕太は間の抜けた声を出した。

うわー、久しぶりの出番だ。でも、セリフは短いんだ。しっぱ〜い、お仕置きだ。

失敗……、お仕置き……。

四人は愕然《がくぜん》となった。部屋の隅にいた忠治も、みんなの様子から検索の失敗に気付いたようだ。

「お仕置きがくる……」

裕太は、周りをきょろきょろと見回した。次の瞬間、信じられないことが起きた。どこからか、レーザービームのようなものが発せられ床を焦がした。

「な、なにが起きたんだ！」

裕太は天井を見上げた。黒い点が光り、またレーザービームが発せられる。その下に、忠治がいる。

「危ない！」

裕太が叫ぶが、遅かった。強い光は忠治の右足を貫いた。

「うわぁ！」

忠治の悲鳴が部屋に響く。

「なんだよ、これ……」

裕太は愕然としたが、うかうかしてはいられなかった。頭上でなにかが光ったのを感じ、すぐにその場から飛びのいた。強い光は裕太の靴を掠《かす》め、底のゴムを溶かした。

これは今までのお仕置きとは違う。まともに当たると命を奪われる。

「天井を見て、光ったらそこから逃げて！」

裕太が叫ぶ。

しかし、足を貫かれた忠治は動くことができないでもがいている。

天井からのレーザービームは、最初は一度に二、三の光だったが、その数は増えていき、まるで光のシャワーのように、裕太たちに降り注ぐ。

「いや！」

女の悲鳴を聞いて裕太が振り向くと、美奈子が右腕を押さえて倒れている。

助けてやりたいが、安全な場所はどこにもない。

丸山は芋虫のように床を這《は》って逃げているが、天井が光る。

「うわぁ！」

丸山の悲鳴が響く。

裕太が振り向くと、腹部から血を流した丸山が、床でもがいている。赤黒い血が床に広がる。

丸山は体を痙攣《けいれん》させながらも撃たれた腹部を手で押さえて、少しでも血を止めようとしている。

このままだと、みんな殺されてしまう。しかし、どこにも逃げ場はないのだ。

「川瀬さんは？」

裕太は視線を巡らせた。彼女の姿がない。まさか、密室の部屋から消えたというのか……。天井を気にしながら、裕太は部屋中を見回す。デスクの下に人影がある。由紀だ。

地震の避難の時のように、体を小さくしてパソコン・デスクの下に潜っている。

「よかった」

思わずそんな言葉が出た。

デスクの下の由紀は口をパクパクさせて、裕太になにかを伝えようとしている。

しかし、裕太には分からない。

「ここなら、安心よ」由紀が天井を指差しながら言う。

裕太は天井を見上げた。パソコンと酸素タンクの上には黒い点がない。

「あの下は、レーザービームが降り注がないのか……」

裕太は酸素タンクの横へ行こうとして、足を止めた。丸山の呻《うめ》き声が背中に絡みつく。

美奈子がパソコンと酸素タンクの傍は安全だと気付き、酸素タンクの横に避難する。

誰も丸山を助ける余裕はない。

パソコン・デスクの下と酸素ボンベ周辺で、ぎりぎり五名のスペースがありそうだ。このことが分かっていてはやく避難していたら、このお仕置きは怖いものではなかった。裕太たちを閉じこめた犯人は、そのことも計算してこの部屋を作ったのだろうか……。裕太の頭上がきらりと光った。急いでその場を避ける。レーザービームが床に突き刺さる。

「しまった！」

裕太は丸山が倒れている場所から離れてしまう。

忠治も脚を引きずりながら、酸素タンクの横に避難する。残るのは裕太と丸山だけだ。

「早くきて！」

由紀の声が部屋に響く。

裕太が避難しようとした時、「助けてくれ……」と丸山の呻き声が耳に入る。

「くそっ！」

裕太は全速力で丸山の方へ駆け出した。

レーザービームが天井から降り注ぐ。

「危ない！」

由紀が悲鳴のように叫ぶ。

裕太はアメリカン・フットボールの選手のように体を反転させて、光を避《よ》けた。そして、床に倒れている丸山を抱きかかえる。

由紀たちが見守る中、裕太は丸山の体を抱えて酸素タンクへ向かった。

あと五メートル、四メートル、三メートル……。

「あっ！」

酸素タンクまで、あと二メートルというところで裕太は、なにかに足をすべらせ、転んでしまう。こんなところに、なにが……。それは、二度目のお仕置きの時に裕太が吐いた汚物だった。

裕太の頭上で、天井が光る。

「しまった！」

次の瞬間、左の肩に激痛が走る。見るとシャツに銃弾の通ったような円い穴が空いていて煙が出ている。すぐにどろりとした血が滲《にじ》んでくる。左腕が痙攣している。

丸山は裕太を置き去りにして、這うようにして酸素タンクの横へ逃げる。

危険な場所に倒れているのは、裕太だけだ。

デスクまで二メートル。もし、今レーザービームが降り注いだら……。

「動けない、誰か助けて……」

裕太は立ち上がろうとしたが、左肩を撃たれた激痛で体が痺《しび》れて立ち上がれない。

頭上でなにかが光る。もう駄目だと思った瞬間、裕太の体がふわりと浮いた。何者かが引っ張ったのだ。レーザービームが裕太の横腹を掠めていく。あと一秒遅かったら、腹部を撃ち抜かれていただろう。

「手間掛けさせないで」

裕太を引っ張り助けたのは、由紀だった。

「ごめん」

レーザービームのお仕置きは終わった。あれが最後の攻撃だったのだ。

五人はまだなんとか生きている。しかし、丸山は腹を撃たれて重傷、裕太と忠治と美奈子もやられたが命に別状はないようだ。無傷なのは由紀だけだった。

お仕置きは、どれくらいの時間だったのだろう。五分、あるいは三分ほどだったかもしれない。それでも、裕太にはあの時間が永遠のように感じられた。それほど、恐ろしかった。今までのお仕置きは、十分程度を耐えれば終わりだったが、このお仕置きは十分たっても傷口が塞《ふさ》がることはない。裕太はすべてが無駄な抵抗に思えてきた。

「やってくれたわね！」

由紀が怒りをあらわにして、パソコンに向かっている。

「なにをするつもり？」

一番軽傷だった美奈子が撃たれた腕を押さえながら、由紀の隣に行く。

「騙《だま》されたまま、黙っていられない」

「ほかの部屋に抗議でもするつもり？」

そう言う美奈子を由紀は睨《にら》みつけ、にやりと笑った。

「やり返してやるの」

「やり返す？」

意味が分からずに訊《き》き返した裕太だったが、由紀はそれには答えない。

パソコンのモニタには、チャット・ルームが映し出されている。

由紀は無言で書きこみをする。


Room3・検索に成功していない三人は全員、東京出身で現住所も東京です。それで、誰が検索をするか、悩みました。結果、私が検索しました。検索は成功です。


「どういうこと？」

由紀の書きこみを見て、裕太が引っくり返りそうな声で訊いた。

「情報は嘘だったのよ。ルーム1とルーム2は、私たちに『東京』で検索させて試したのよ」

「それは分かるけど、今の書きこみはどういうこと？」

「今度はこっちの番。私たちが『東京』で検索成功したと書いたら、ほかの部屋はどうすると思う？」

「それは……」

時間をかけて考えなくてもたどり着く答えは一つ。

『東京』で検索するわね」美奈子が言う。

「その通りよ」

「でも、この部屋の情報も嘘だと思うんじゃないかな」

「そうかもしれない。でも、疑わないかもしれない」

「信用する確率は、高いわね」

「どうして？」

「チャットのやり取りを見て思ったんだけど、ほかの部屋のオペレーターは、おそらく男よ」

「それがどうしたの？」

「男と女では、思考が違う」

年の功という奴だろうか、男女のことに関しては、美奈子の話は説得力がある。

「男の人ならこの状況で、自分たちが騙されたと分かったら、怒って猛抗議するでしょう。『お前たち、俺たちを騙したな！』って。そこで騙し返そうなんて考えない」

「確かに、そうかもしれない」

「それにほかの部屋も藁《わら》にもすがりたい気持ちは同じはず。騙されるわ。ルーム1かルーム2のどちらかは……」

女の方が嘘は一枚上手ということか。

「本当に、そんなことをしていいのかな？」

意外な人物が口を開いた。忠治だった。

「なに？」

由紀が怪訝《けげん》な顔を忠治に向けた。その顔は、忠治に検索を頼んだ時とは別人のようだ。

「こんなことしても、騙し合いになるだけじゃないか」

「向こうから仕掛けてきたことよ。やり返しただけ」

「でも……」

忠治は下を向いてぼそぼそと抗議する。

「なに、はっきり言って！」

「そんなことをしても、ここから出る解決策にはならない」

「ここから出たいの？」

「え？」

「あなた、私たちに自分は死んだって言ったのよ」

「そうだけど……」

「あなた、もしかして犯人側のスパイ？」

めずらしく美奈子が由紀に加勢をする。

「違うよ」

「なんか、あやしいわね」

「もう、いいよ」

由紀と美奈子の攻撃にあって、忠治は退散した。

裕太も由紀のやったことが、正しいとは思わなかった。しかし、口にはしなかった。

あのメロディーが流れた。酸素の残りは七時間。クイズの締め切りまであと六時間。

由紀は立ったまま、じっとパソコンのモニタを睨んでいる。

裕太は床に座り撃たれた左肩を押さえていた。血は止まったが、痛みは治まらない。美奈子と忠治の怪我は、思ったほど酷《ひど》くなかったが、丸山は重傷だ。放っておくと命に関わる。

美奈子は床に倒れて苦しんでいる丸山を看《み》ている。仮にクイズの正解を見つけてここから出ることができても、丸山は助からないかもしれない。

「面目ない……」

痛みに耐えながら、丸山が言う。

「ドジなんだから」

涙声で言った美奈子の言葉に、丸山に対する愛情が感じられる。

「お前がタクシーで帰ろうなんて言うから、こんなことになったんだぞ」

「まだ、そんなこと言ってるの」

「死ぬまで言ってやるよ。でも、それもあと少しかもな……」

丸山は自虐的に言って、笑ってみせる。

「喋《しゃべ》らない方がいいわ」

「救急車を呼んでくれ……」

「無理よ」

美奈子は悲しそうな顔で言った。


しばらくは、誰も口を開かなかった。

長い沈黙、丸山の苦しむ唸《うな》り声だけが密室に響く。

裕太はちらりと由紀を見た。由紀は直立不動でパソコンのモニタを睨んでいる。

まだチャットに動きはないようだ。

犯人はこんなことをして、なにが楽しいのだろう。心の底から怒りがこみ上げてくる。

床に座っていた美奈子が、操り人形のようにふらふら立ち上がる。

みんなが、彼女に注目する。

「お願い。もうやめて！」

美奈子は、天井に向かって叫んだ。

「ここまでやったら、もういいでしょう。もう、やめて！　助けて！　私たちを帰して！」

どこかに隠してあるだろうカメラに向かって、美奈子は叫び続けた。

「なんでもするから、ここから出して！」

なんの反応もない。

「お願い！」

誰も美奈子を止めなかった。その叫びは、五人の心の声だ。こんな状況に置かれても、人は他人の目を気にする。本当なら、形振《なりふ》り構わず助けを呼びたいのに、他人の目を気にしてできなかった。ここまで追い詰められて初めて、裕太は心の底からの言葉を聞いたような気がした。

「無理よ」

由紀が冷たく言う。

「お願い、助けて！　このままだと彼は死んじゃう」

由紀の言葉など耳に入らないかのように、美奈子は叫び続ける。

「助けて！　助けて！　助けて！　助けて！　助けて！」

声が掠《かす》れるまで叫んだ。

「やめろ、もういい」

見かねた丸山が彼女を止める。

「助けて……」

美奈子は床に崩れ落ちた。みんな、一様に押し黙る。また沈黙がおりてくる。

万が一にも、なにかが起きるのではないかと期待をした裕太だったが、奇跡は起こらなかった。

「ルール変更は、ないみたいね」

由紀の声がやけに冷たく聞こえる。

「丸山さんの怪我も大変だけど、検索失敗も痛いわね」

由紀の言葉が、現実に戻す。

美奈子の検索失敗で、残る検索は五回。この五回で三人が成功しなければ、ここで死ぬことになる。ほかの部屋の協力はもう当てにできないだろう。

「チャットも動きがないみたいだね」

裕太がモニタに視線を向けて言う。

「そうね」

「助け合わないとダメな相手にまで、嘘をついたんだ」

茨城訛《なま》りの言葉が聞こえてきた。忠治だ。由紀はそれには答えなかった。

刹那《せつな》、どこからか悲鳴が聞こえてきたような気がした。

「今、なにか聞こえなかった?」

裕太は誰にともなく訊《き》いたが、返事はなかった。由紀も首を捻《ひね》っている。

「空耳かな……」

なにか嫌な胸騒ぎがした。この胸騒ぎ、一体なんだろう……。

「なにもなければいいが……」

独り言のようにぼそりとつぶやく。

6:25

丸山の顔色が青ざめ、呼吸も荒くなってきた。

つき添っている美奈子は、絶望したような目で瀕死《ひんし》の男をただ見つめている。その目は恋人を見守る目だ。

忠治は、皆から少しだけ離れて床に座っている。

由紀はじっとモニタを睨《にら》んでいる。チャット・ルームにまだ新しい書きこみはない。

裕太は重苦しい沈黙に押し潰《つぶ》されそうになりながら、由紀の隣にいた。肩の痛みは治まったが、体を動かすとまだ少し痛むようだ。

チャットに新しいメッセージが書きこまれた。

Room2・前に書いた「東京」で検索に成功したというのは嘘だ。ほかの部屋の結果が知りたくて、嘘を書いた。ルーム1とルーム3も同じだろう。

由紀は黙ってモニタを睨んでいる。

Room2・「東京」での検索は、失敗だった。お仕置きがきた。一人、死んだ。

死んだ。

メッセージを読んだ裕太の背筋がぞくっとした。

少し前に感じたあの胸騒ぎ、このことだったのだろうか……。

「川瀬さん……」

裕太は情けない声を出した。

「動揺しないで！　もし、これが事実だとしても、自業自得よ」

由紀はそう言うと、パソコンの前に行き、キーボードを叩《たた》いた。

Room3・どういうお仕置きですか？

Room2・レーザービーム。


「同じだ」

裕太は思わず頭を抱えた。

「なにかあったの？」

忠治が訊いてきたが、由紀は答えない。

仕方なく忠治は立ち上がり、チャットの書きこみを読んだ。

「これって……」

忠治の驚いている声を聞き、丸山と美奈子も視線をパソコンに向ける。

「ルーム2で、一人死んだ」

お節介にも忠治が丸山と美奈子に教える。

「し、死んだ……」

美奈子は強張《こわば》った表情を浮かべ、丸山は諦《あきら》めの顔を見せた。

「あんたのせいじゃないのか」

忠治が由紀の背中に言った。

「関係ないわ」

「関係ないだって、よくそんなことが……」

そこまで言うと、忠治は癇《かん》に障るような笑みを見せて続けた。

「まぁ、いいか。……昔から、人を呪わば、穴二つと言うからな」

「どういう意味ですか？」

裕太が訊いた。

「他人を呪い殺すと、自分にも返ってきて、墓穴が二つになるという意味だ」

それじゃ……、裕太は嫌な想像をする。

「最初に騙《だま》したのは、向こうよ」

「だから一人死んだ」

「それで終わり。墓は一つよ」

「お仕置きから避難する方法を教えていたら、ルーム２で死者は出なかった。殺したのは、ぼくたちだ」

「騙された上に、助かる方法を教えろって言うの。私は、そんなお人好《ひとよ》しじゃないわ」

「呪いが返ってくるよ。きっと……」

「馬鹿馬鹿しい。それに、このメッセージだって事実かどうか、分からないわ」

「事実だよ」

「分からないわ」

「人を殺した、罪悪感はないの？」

「私は悪くないわ。悪いのは、全部これを作った奴よ」

由紀は一歩も引こうとしない。

「よく、そんなことが……」

忠治が言葉を続けようとしたが、裕太がそれを止めた。

「新しいメッセージだ」

チャット・ルームに書きこみがある。


Room1・ぼくたちは嘘を言ってない。「東京」で検索して成功したんだ。


「ルーム1は、あくまで白を切る気ね」

モニタを見て、由紀が言った。動揺しているはずだが、彼女はそれを表に出さない。

頑《かたく》なな由紀の横顔を眺め、裕太の彼女に対する気持ちが少し揺らいだ。


Room2・もう、どうでもいいよ。

Room1・どういうことだ？

Room2・お仕置きで死んだ者は、検索で成功してなかった。一人の検索が不可能になった。

Room3・その場合、どうなるの？

Room2・ゲーム・オーバーだと、鬼のキャラクターが説明した。この部屋の全員が死ぬ。

このメッセージには、流石の由紀もショックを隠せず体を震わせている。

裕太は「鬼のキャラクター」という書きこみが気になった。モニタに現れるキャラクターは、部屋や状況によって異なるのだろうか？

「穴は五つになったみたいだね。いや、十になるかもしれないな……」

おどけるように忠治が言う。

「全部が嘘かもしれない」

由紀を元気付けようと、裕太は思いついたことを口にした。

「どういう意味？」

由紀は弱い声で訊《き》く。

「部屋に閉じこめられているのは、ここの五人だけかもしれない。ほかの部屋は全部、嘘なんだ。ほかの部屋は、パソコンの中だけの存在で、全部が犯人の自作自演だとも考えられる。そうだったら、犯人がチャットを許していることにも理由がつく」

裕太は必死に考えて、話した。

「なるほど。それは面白い発想だ」

そう言ったのは忠治だが、裕太の意見に同意したわけではなかった。

「でも、全部が本当かもしれない。この部屋を作った奴なら、それくらいやりそうだ」

「それは……」

返答に困った裕太は、仕方なくモニタを見た。

新しいメッセージが書きこまれる。


Room2・でも、ぼくたちは、諦めたわけじゃない。できることがある。


そのメッセージに裕太たちは、目を見張った。

「できることって、検索ができなければ、なにもできないと思うけど……」

由紀が謎めいた笑みを浮かべた。

「不幸中の幸いかもしれないわね」

「どういうこと?」

「ルーム2は追い詰められて、なにかを思いついたのよ」

「なにかって?」

「訊きましょう」

そう言うと、由紀はキーボードを叩《たた》いた。

Room3・ルーム2、できることってなに？

Room2・脱出。


「やっぱり」

ルーム2の返事は、由紀の予想通りだったらしい。

「そうか。ここから脱出できたら、クイズの答えなんて、分からなくてもいいんだ」

あのクイズを見てから、裕太たちはクイズの答えを探すのに必死になっていた。それで、ここから脱出するという本来の目的を忘れていたのだ。

「どうだろうね」

また、忠治が水を差す。

「今度はなに……」

言葉尻《じり》で由紀がイラついているのが分かる。

「もし、ルーム2が脱出方法を思いついたとしても、それをぼくたちに教えてくれるかな？」

「教えてくれなくても、脱出できたら警察には知らせるはずよ」

「間に合えばいいけど……」

忠治は床に倒れている丸山を見た。

ルーム2が脱出に成功しても、ここを見つけるのにどれくらい時間がかかるかは不明だ。酸素の残りは、あと六時間程度しかない。クイズの締め切りまでは、あと五時間程度だ。

由紀はメッセージを打った。


Room3・脱出方法は？

Room2・そんなこと、言えない。

Room3・でも、脱出するつもりですね。

Room2・生き残るには、それしかない。

Room3・もし、無事に脱出できたら、警察に知らせてほしい。

Room2・もちろん。

Room3・あと一つ、あなたたちの思いついた脱出方法は、私たちもできますか。

Room2・おそらく、各部屋共通。

Room1・嘘だね。

Room2・どうして、そんなことが言える。

Room1・ぼくたちも色々と試した。でも、脱出方法は見つからなかった。この部屋は完《かん》

　壁《ぺき》だ。

Room2・盲点があるんだよ。

Room1・それなら、方法を教えろ。

Room2・脱出には体力がいるから、少し休ませてもらうよ。

Room1・逃げる気か。

Room2・おやすみ。

Room3・ねぇ、また帰ってくるでしょう。


　ルーム2からの返事はなかった。

「どう思う?」

　肩の傷を気にしながら、裕太が言う。

「待つのよ。待てば、ルーム2が何かをやってくれる」

「チャットに戻ってくるかな」

「戻ってくるわ」

「案外、楽観主義なんだね」

「悪い?」

「悪くはないけど。根拠のない楽観は、痛い目にあうかもしれないよ。それに全部、他力本願なんだよね」

忠治が嫌みたっぷりに言う。

由紀は挑発には乗らない。言い返したい気持ちを我慢しているようだ。

「まぁ、いいけど」

その後、誰も口を開かなくなった。

時間が刻々と過ぎていく。丸山の苦悶《くもん》の声だけが響いている。五人はじりじりと焦る気持ちを抑えていた。そして、その焦る気持ちに耐えきれず、美奈子がヒステリックな声を上げた。

「早くここから脱出する方法を見つけてよ」

それに答えられる者はいない。美奈子の攻撃は由紀に向けられた。

「あなた、頭がいいことを自慢してたじゃない。東大生なんでしょう。ここから抜け出す方法、思いつかないの！」

由紀は言い返そうとしてやめた。今の美奈子には、なにを言っても通じないと考えたのだ。

裕太は美奈子と目を合わせられなくて、モニタに視線を移した。

「ねぇ、誰か、なんとかならないの！」

美奈子が、吐き捨てるように言う。

「このままだと、死んじゃうよ」

忠治も知らん顔をしている。

「お願いだから、何とかして！」

彼女の訴えに心を動かされたのは、裕太だった。

「正直に、助けてもらいたいと素直に言おう」

そう言うと裕太はパソコンの前に立った。


Room3・この部屋に重傷者がいる。残り時間、耐えられるか分からない。騙《だま》しておいて都合のいいことを言うと思われるかもしれないけど、脱出方法があるのなら、教えてほしい。

Room1・怪我人は誰？


意外にも書きこみはルーム1からだった。

裕太はそのメッセージに違和感を覚えた。前にも同じような違和感を覚えたことがある。

あれはルーム1が、部屋に背広姿の者がいるか、訊《き》いてきた時だ。どっちも丸山に関係している。

Room2・ルーム1には気をつけるんだ。犠牲者が出たのは、ルーム1が仕掛けた罠《わな》が原因だ。

Room1・おかしなことを言わないでくれ。ルーム3の怪我人のことを心配しただけだ。

Room2・本当にそうだろうか。ルーム1は、あのことに気がついているね。

Room1・それはなんのことだ。知っていることがあるなら、教えてほしい。

Room2・その手には乗らないよ。


裕太の書きこみで、チャットの話題はあらぬ方に向かった。ルーム1とルーム2は、裕太たちの知らない「なにか」に気付いているようだ。一体、なにに気付いたのだろう……。


Room2・ルーム3、君たちはこのままだと確実に死ぬよ。

Room3・どういうことですか？　あなたたちが知っていることを教えてほしい。

Room2・それはできない。ほかの部屋にも知られる。

Room3・ほかの部屋に知られるとダメなんですか？

Room2・ルーム1、どうだい。

Room1・ぼくたちは、なにも知らない。

Room2・まぁ、いい。まだ時間はある。

Room3・この部屋には怪我人がいる。早くここから出たい。

Room2・脱出以外の方法で、ここから出られるのは、ゲームに勝った時だけだ。

Room3・やはり、ほかに方法はないか。

Room2・重傷の人は、検索に成功した人かな？

Room3・してない。

Room2・危ないね。その人が死んだら、この部屋と同じ運命になるよ。

Room3・検索項目が分からない。


少し間があった。


Room2・しょうがない。本当のことを話すか。ぼくたちは、三つの検索に成功している。一つは、生まれた年。もう一つは名前。ルーム3からのアドバイスが役立った。タレントはいなかったが、フリーターの一人が落語家の弟子だった。この時点で、犯人の考えが少し分かってきた。

Room1・ルーム2は随分、饒舌《じょうぜつ》だね。あやしいな。なにか企《たくら》んでいるんじゃないか。

Room2・そう思うなら、チャット・ルームを閉じたら。

Room1・はははははははははは……。

Room2・ルーム1は切れたみたいだね。

Room3・三つ目の検索内容は？

Room2・簡単には、教えたくない。

Room3・どうして？

Room2・このクイズは五部屋が力を合わせると、最小限の危険で答えが出せたかもしれない。しかし、それをしないで、隠しごとをしたり嘘をついたりした。結果、ぼくたちは脱落したんだ。

Room3・嘘をついたことは謝る。でも、それはほかの部屋のメッセージを信じて、怪我人が出たことで、感情的になって、やったことだ。

Room2・感情的？　冷静に騙し返したと思うけど。

Room3・嘘が上手な者がいたんだ。


裕太はそう打ってから、周りを見た。由紀が刺すような視線で見ている。

「ごめん……」

「気にしてないわよ」

裕太の考えていることが分かったのか、由紀がこともなげに言う。

Room2・嘘が上手か。もしかして、女？

Room3・YES
Room2・君は男だね。会社員？

Room3・学生だ。

Room2・映画学校の学生だね。

Room3・どうして、知ってるの？

Room2・ルーム1が、部屋にどういう人物がいるのか、訊いたことがあるだろう。ルーム3は東大生、映画専門学校生、自殺志願者、もしかして、これがまんだん忠治？

Room3・そうだ。それにOLと会社員だ。

Room2・重傷者は、会社員かな？

Room3・そうだ。

Room2・大変だ。その男、どんなことがあっても死なせたら駄目だ。

Room3・どういうこと？

Room2・重要人物だ。

Room3・どういうことか、教えてほしい。

Room2・教えられるのはここまで。自分たちで考えるんだ。

ルーム2は、裕太たちが気付いていない、なにかを知っている。いや、それはルーム2だけではない。ルーム1も気付いている。だから、怪我人は誰かを訊いてきたのだ。


Room1・二人とも喋《しゃべ》り過ぎだよ。

Room2・ルーム1は気がついているんだろう。正直に言えよ。

Room1・気がついている。しかし、それだけでは、このゲームには勝てない。

Room3・教えてほしい。

Room1・無理だ。

Room2・やめておこう。

Room3・お願いだ。

Room1・ここで書けば、全部の部屋にも知られる。そしたら、ゲームは成立しない。

Room2・しつこくしないでくれ。ぼくたちも苦しいんだ。

Room3・それなら、ヒントだけでももらえないか。


裕太は執拗《しつよう》に食い下がった。その粘りにルーム2が折れて、書きこみをしてくる。

Room2・ヒントか、それくらいならいいか。マスターから送られてきたメールをよく読むこと。それにチャットでのやり取りもヒントになる。


マスターから送られてきたメールとチャット・ルームでのやり取り……。

両方とも見ている。注意深く読んだと思うが、なにか見落としがあるのかもしれない。

「チャット・ルームを閉じて」

横から由紀が言う。

「メールを調べるのよ」

「分かった」

裕太はメールソフトの受信トレイを開き、マスターからのメッセージを呼び出す。


ようこそ、ゲームルームへ。

これからゲームの説明をします。

あなたたちが無事にお家《うち》に帰るには、クイズの答えを探して、ゲームに勝つしかありません。

部屋の酸素は十二時間。いや、もう十二時間は切っているね。時間内に、答えを探してね。

質問は一切、受けつけないよ。

さて、クイズです。あれ、クイズの問題忘れちゃった。

ちょっと待っててね！


裕太、由紀、忠治がメッセージを読む。

別におかしなところはなさそうだが……。

もう一度、読み返してみる。分からない。本当に、ヒントが隠されているのだろうか。

「あっ！」

由紀が小さく声を上げた。

「こんな簡単なこと……」

「なに？」

「間違えていたわ。クイズに答えても、ここから出られない」

「どういうこと？」

「ゲームに勝たないと駄目だって、書いてあるね」

茨城訛《なま》りで、忠治が言う。

「えっ？」

　裕太は、メッセージを読み返した。

「……無事にお家に帰るには、クイズの答えを探して、ゲームに勝つしかありません」

　ゲームに勝つ……、クイズに答えるだけではここから出られないのか。

「どういうゲームなんだろう？」

　モニタを睨《にら》んだまま、裕太が言う。

「分からない。でも、ルーム2は、なにか気付いているみたいね」

　裕太はマスターから届いたもう一通のメールも開いた。クイズの問題と、インターネットで検索すること、検索に失敗するとお仕置きがあることが書かれているだけだ。

　裕太は受信トレイを閉じ、チャット・ルームを開く。左肩にズキンと痛みが走った。

「大丈夫？」

　苦悶《くもん》の表情を浮かべた裕太を見て、由紀が声をかける。

　裕太は無理に笑顔を作って見せた。この期に及んで、由紀にいいところを見せようとしている。

「これが全部、バーチャル・ゲームの中ならいいのに……」

　そうつぶやいた裕太はある映画を思い出した。裕太の大好きな映画監督、デイヴィッド・クローネンバーグの一九九九年の作品「イグジステンズ」。

　新作ゲームの発表会で天才ゲームデザイナーが襲われ、警備をしていた主人公が彼女を助けて逃亡する。しかし、それ自体がすべてゲームという話だ。ゲームの中でもゲームの話が出てくるので、どれが現実で、どれがゲームか混沌《こんとん》としてくる映画だ。クローネンバーグは昔からこういう作品を作っているカルトな映画監督だ。いや、カルトな監督といっても「スキャナーズ」や「ザ・フライ」というエンターテインメント映画も作っている。個人的には「ビデオドローム」という映画が傑作だと思っている。ビデオと人間が一体となるシーンはまさに見ものだ。公開当時は、なにをやりたいのか意味不明だったが、今見ると機械と人間の融合をすでにやろうとしていたのだと分かる。そうだ、クローネンバーグはカルトな監督ではないのだ、早過ぎたのだ。そして、時代がようやくクローネンバーグに追いついたと言える。

黙りこんだ裕太に、由紀が「痛むの?」と声をかける。

その言葉で、裕太は現実に戻された。

「いや、ちょっと……」

裕太は急いで画面をスクロールさせて、最初の書きこみを呼び出し、チャットの書きこみを読んでいく。しかし、これといって気になることはなかった。

裕太は分かったことだけをチャットに書きこむ。

Room3・クイズの後、ゲームをしなければならないんだね。

Room2・その通り。クイズの答えを見つけた者だけが参加できるゲームだ。

Room3・どういうゲームか、分かりますか？

Room2・クイズに答えられないとゲームまでたどり着けない。ルーム1はもう五人全員が検索に成功しているんじゃないかな。

Room1・いきなりの問いかけだね。

Room2・ルーム1、検索状況はどうだい？

Room1・なかなかうまくいかないね。

Room2・本音で話そうよ。

Room1・人見知りな性格なんだ。

Room2・その割には、ほかの部屋には色々と訊《き》くんだね。

Room1・好奇心旺盛《おうせい》でね。

Room2・人見知りで、好奇心旺盛か。それにずる賢いかな。

Room3・ルーム1とルーム2、どうしたの？

Room2・ルーム3、ここはチャットだ。公開の場だ。

Room3・知っている。

Room2・ほかの部屋も見ている。ここで下手な書きこみをすると、自らの情報を明かすことになる。簡単に自分たちの情報を明かさない方がいい。

Room3・忠告、ありがとう。でも、ぼくたちは正直に話すよ。あと五回の検索で、残り三人の検索を成功させなければならない。情報がほしい。

Room2・これはゼロサム・ゲームかもしれないんだ。


「やっぱり……」

裕太がつぶやいた。

「ゼロサム・ゲーム？」

由紀が訊く。

「ゲーム理論のモデルだよ。利得の和がゼロになる、つまり一方の利益が一方の損失になるゲームだ」

「今の状況に当てはめたらどういうことになるの？」

「一人が死ねば、一人が助かる。一部屋がなくなれば、一部屋が助かる」

暗澹《あんたん》たる思いが五人を包んだ。

「でも、それじゃ数が合わないよね」

また、忠治が口出しする。

「数が合わないって？」

「部屋の中には五人いるよね。一人が死んで、一人が助かるということは、二人が死んで二人が助かる。あまった一人はどうなるの？」

確かにその通りだ。裕太が返答に詰まっていると、忠治が続けた。

「部屋に関しても同じことが言えるよね。全部で五部屋だとしたら、どうやったって一部屋あまる」

「それは……」

裕太の言葉は尻切《しりき》れになった。

「助かるのは、一部屋だけなんじゃないか」

床に寝ている丸山が苦しそうな声で言った。

「いや、その中の一人だけしか助からないのかもしれない」

やはり、「バトル・ロワイアル」のようなルールなのだろうか。

「この部屋は、全員生き残るのよ！」

絶望的な空気を払拭《ふっしょく》するように、由紀が声を張り上げた。

「でも、最後の一人しか生き残れないとしたら、どうするの。やっぱり、戦うだろう」

仲間意識を作ろうとした由紀の意見に水を差すように、忠治が言う。

「そんなこと、どこにも書いてないわ。それよりも、疑心暗鬼の方が怖いわ」

「疑心暗鬼？」

「疑《うたぐ》りだして、自滅。それが一番怖い」

「ルーム2が脱出に成功して、助けを呼んでくれることも考えられるよ」

楽観的意見を裕太が言うと、丸山が反論する。

「それは、どうだろうね」

「えっ？」

鳩が豆鉄砲を食らったような顔になった裕太に向かって、丸山が続けた。

「俺たちは、間違いなく監視されている。おそらく、他の部屋も同じだろう。チャットのやり取りだって、犯人に見られているはずだ。そんな中で、脱出できると思うか？」

そこまで言うと、丸山はみんなの顔を見回した。誰も、返事はしなかった。

「到底無理だ。そうだろう……」

その通りだ。部屋は監視され、チャットも読まれているだろう。その中で、脱出なんて……。

「このことは、喋《しゃべ》らない方がいいかもしれないわね」

「えっ？」

「盗聴されてるかもしれない」

由紀は、「脱出」のことは口にしないように、釘《くぎ》を刺した。

裕太はパソコンに向かった。

Room3・ぼくたちに助かる道はないのか！

Room2・自棄《やけ》になるなよ。

Room3・助かる方法を教えてほしい。

Room2・ぼくたちは、三回の検索に成功した。君たちの知らない検索項目が一つある。

Room3・教えてほしい。

Room1・ルーム3、罠《わな》かもしれない。気をつけろ。

Room2・今さら、罠になんてかけない。ぼくたちはゲーム・オーバーになったんだ。

Room1・それが嘘かも。

Room3・検索項目、教えてほしい。

Room2・その前に、ぼくはここを少し離れる。

Room1・あやしいな。

Room2・ぼくの考えた脱出計画は、とても危険だ。だから、ぼくの一存では実行できない。残っているほかの人に同意してもらわなければならない。同意が得られたら、戻ってくる。そして、三つ目の検索項目を教える。それまで、待ってくれ。

Room3・待つよ。できるだけ、早く頼む。

Room2・それまでは動かない方がいい。怪我人は大変だが、時間はまだたっぷりある。

そこで、チャット・ルームの動きがなくなった。

「どうなった？」

丸山が訊くので、裕太が今までのチャットのやり取りを説明する。

「そうか、それなら待ってみるか……」

「もう、話さない方がいいわ」

美奈子が優しく声をかけた。そこにいるのは、今までヒステリックに怒っていた女とは別人のようだ。女は解せない生き物だ。裕太は改めて思った。でも、こういう変貌《へんぼう》ならいいかな。

由紀も……。いや、今はそんなことを考えている時ではない。

裕太は横目で美奈子と丸山を見た。この二人がどういう付き合いをしていたかは分からない。でも、裕太にはこの大人のカップルが少し羨《うらや》ましく見えた。

沈黙の中、いつものメロディーが流れた。

ルーム2の書きこみから二十分以上がたっている。

長くて重たい沈黙が続いている。

このままルーム2からの連絡はこないのだろうか……。裕太だけではなく、他の四人も不安に思い始めている。誰も口を開かないのに、胸騒ぎが伝染しているのが分かる。

「遅いわ……」

ぼそりと由紀が言う。

一分が一時間のように感じられる。このままルーム2からの書きこみがなかったら、どうしたらいいのだろう。今まで通り検索項目を探してクイズの続きをするか、それとも脱出方法を探した方がいいのだろうか。みんながそんなことを考えている。

その時、メール受信の短いメロディーが聞こえてきた。

メールソフトの画面に切り替えた由紀は、ほかの人の確認をとらずにメールを開く。

送信者：マスター
件名：なにやってるの？

みなさん、どうしていますか？

あなたたちを閉じこめた憎らしい犯人ですよ。

一期一会。

人には色々な出会いがあります。

こういう出会いだけど、大切にしましょう。

考えてみれば、人は地球に閉じこめられているのです。

宇宙飛行士になって飛び出す人もいるけど、ほとんどがこの星から抜け出せないのです。

この部屋が地球だと思ってください。

それにしてもちっぽけな星だ。資源もない。酸素もあと少し。

こう考えると自然を大切にって思えてきますね。

エコです。エコ、エゴではありません。

あっ、また意味のないメールをしてしまった。

みんな、忙しいんだよね。

それじゃ、頑張ってください！


メールを読んだ由紀も裕太も、なにも話す気になれない。怒ってモニタを壊したい気分だが、それをやったら犯人の思う壺《つぼ》なのだろう。

「なにも見なかった。そう思いましょう」

由紀は怒りで声を震わせながらそう言った。

モニタに新しいメッセージが書きこまれた。

「きた！」

パソコンの前にいた由紀は、その特等席を裕太に譲る。


Room2・三人を説得した。

Room3・監視されていると思う。おそらく、このメッセージも読まれている。

Room2・百も承知。いずれにせよ先はないんだ。

Room3・気をつけて。

Room1・本当にここから脱出できるのか？

その書きこみは、鈍感な裕太でも妨害だと気付いた。わざと「脱出」という言葉を使ったのだ。ルーム1は信用できない。逆にルーム2は信用できる。いや、それも分からない……。

Room2・ルーム3、約束通り三つ目の検索項目を教える。

待ちに待っていたルーム2からのメッセージなのに、裕太は疑ってしまう。
「まさか、迷っているの？」
「いや、少し考えていただけだ」
由紀に声をかけられて、覚悟ができた。裕太は書きこみをする。

Room3・ありがとう。待っていたんだ。
Room2・でも、ほかの部屋に知らせるのは嫌だ。特にルーム1には、知らせたくない。

ルーム1からの書きこみはない。

Room2・ルーム1、見てるんだろう？

ルーム2は挑発したが、ルーム1は乗ってこなかった。

Room2・まぁ、いいか。ルーム3、検索項目を知らせる。その前に、君は映画学校の学生だね。

Room3・そうです。

Room2・それならいい。三つ目の検索項目は、ほかの部屋には分からないようにクイズで出す。

モニタを見ていた裕太の目が点になる。

「クイズだって……」

由紀も忠治もルーム2からの書きこみを凝視している。

Room2・心配するな。映画通なら、知っている問題だ。

裕太の顔が曇る。困ったことになった。確かに映画は好きで詳しいが、ジャンルが限られている。ホラー映画に関することだといいのだが……。もし、答えが分からなかったら、一大事だ。


Room2・問題。映画007シリーズで、二代目ジェームズ・ボンドが、ほかのボンドがやっていないあることをやっている。そのあることが検索項目に関係がある。

この検索項目で成功したのは、女性だ。


裕太の両肩に、重い荷物が載った。

「分かる？」

由紀が期待をこめて、裕太を見る。

「007シリーズはほとんど観ているけど……」

裕太は曖昧《あいまい》に答えて、助けを求めるように忠治を見た。

「ぼくが分かるわけ、ないだろう」

「小野寺君、分からないの？」

「う、うん……」

裕太は穴があったら入りたかった。

「嘘でしょう！」

由紀の声が裕太の心に刺さる。

「ホラー映画だったら、詳しいんだけど」

言ってもどうにもならない言い訳をする。

「それじゃ、問題を変更してって書きこんで」

「う、うん」

由紀に言われるまま、裕太はメッセージを書きこむ。


Room3・すみません。答えが分からない。問題を変更してほしい。

Room2・それは運がなかったね。これ以上は話せない。

Room3・なにかヒントを。

Room2・このクイズの答えが分からないんじゃ、お話にならないよ。

Room3・ほかの問題を。

Room2・今の問題で答えを考えてくれ。

Room3・お願いだ。

Room2・ぼくたちは、行動を開始する。

Room3・違う問題を。

Room2・そこまで言うなら、ここから脱出する方法を教えるよ。

裕太、由紀、忠治の三人は目を見張った。密室からの脱出方法が分かれば、クイズの答えなど必要ない。

Room2・部屋を爆破するんだ。まず、パソコン・デスクを壊して、その脚を利用し、酸素タンクに穴をあける。次に、パソコンの電源で、流れ出る酸素に引火させる。酸素タンクは爆発して壁を壊す。いい計画だろう。

「なんだって……」

思ってもみなかった脱出方法に、裕太は開いた口が塞《ふさ》がらなかった。ハリウッドのアクション映画なら、クライマックスの脱出シーンに使われそうな奇抜なアイディアだが……。

Room3・危険だ。

Room2・なにもしなくても死ぬ。だから、行動することにした。これでお別れだ。ルーム3、健闘を祈る。ほかの部屋も頑張ってくれ。無事にここから脱出できたら、警察に知らせるよ。グッバイ!

それがルーム2の最後のメッセージだった。確かに書きこみの通りのことを実行したら、酸素タンクを爆発させられるかもしれない。しかし、果たして生き残れるだろうか……。

Room3・ルーム2、考え直すんだ。


ルーム2からの返事はなかった。

脱出計画を実行しているのだろうか。

酸素タンクの爆破。それがルーム2の言う密室からの脱出方法。

思いも寄らない脱出方法に、由紀も忠治も言葉が出ない。

「無茶だわ」

由紀がぽつりと言う。

もし、ルーム2がこの部屋とまったく同じ構造だとしたら、酸素タンクを爆発させることはできても、無傷ではいられない。まさに、一か八かの脱出計画。

「助かると思う?」

裕太の質問に、由紀は首を横に振った。

「無理だわ」

「彼らは、死ぬよ」

視線を巡らせ、部屋の構造を確認していた忠治が言う。

結局、ぼくたちはルーム2の五人全員を殺したことになるのかもしれない。

「どうなったの？」

弱々しい声で美奈子が訊《き》いてきた。

めずらしく由紀が、美奈子と丸山の前に行き、ルーム2の脱出計画のことを説明する。

二人は沈痛な表情で聞いている。

「誰か一人でも助かって、警察に知らせてくれればいいけど……」

丸山が命を絞るようにして言う。顔色が相当悪い。もう蚊の鳴くような声しか出ない。

もし、丸山がこのまま死んだら、裕太たちもルーム2と同じ運命ということだろうか。

「お終《しま》いよ……」

絶望したように美奈子が言う。

その言葉が部屋の空気を一層重くして、誰も口を開かなくなった。

沈黙を破ったのは、壁の向こうからの——爆発音だった。そして、部屋が少し揺れた。

五人は不安な顔を見合わせた。

「これって、もしかして……」

由紀が眉《まゆ》を曇らせて言った。

「うん……」

「やっぱり、そういうこと？」

二人のたどり着いた答えは、同じだ。

ルーム2が酸素タンクを爆発させたのだ。

ということは、ほかの部屋もこの部屋と同じ建物の中にあるということになる。

「『オールド・ボーイ』だ！」

裕太が唐突に叫んだ。

「なに？」

「『オールド・ボーイ』という映画の中に、監禁ビジネスというのが出てくるんだ。ビルのワン・フロアにカラオケ・ボックスのような監禁部屋がいくつも並んでいるんだ」

「ここも同じような作りということ？」

「監禁ビルの中なのかもしれない……」

「それなら、希望はあるかもしれないよ」

大人しくしていた忠治が話に入ってくる。

由紀が首を捻《ひね》る。

「もし、ほかの部屋も同じ建物の中だとして、ルーム2で一人でも生き残った人がいたら、この部屋を見つけるのは簡単だ」

確かに誰かが生き残って、警察に通報してくれたら、そうなるかもしれない。しかし、生き残っている人がいるだろうか……。

「誰も助からないと思う」

「私もそう思うわ」

由紀も言う。

「確認しよう」

裕太はあることに気付き、パソコンに向かった。由紀と忠治には、裕太がなにをやろうとしているのか、分からないようだ。

Room3・今、部屋の外でなにかが爆発したような音がした。他の部屋も聞こえただろうか？

すぐに返事はなかったが、裕太は辛抱強く待った。ルーム1から返事があった。

Room1・ルーム2が酸素タンクを爆発させたんだろう。
Room3・音、聞こえたんですね。
Room1・ぼくたちは同じ建物の中のようだね。
Room3・ルーム5も聞こえたかかな。

しばらく待ったが、ルーム5からの返事はなかった。最悪のことを想像してしまう。生き残っているのは、裕太たちとルーム1だけかもしれない。

Room1・ところで、爆発音は聞こえたけど、部屋の壁は崩れなかったよ。ルーム3は、どうだい？

Room3・ここも音と揺れだけだ。

Room1・五つの部屋が並んでいるとしたら、ルーム2は脱出に失敗したと考えた方がいいね。

ルーム1の言う通りだ。もし、部屋が番号順に並んでいるとしたら、ルーム2はルーム1とルーム3の間にあるのだろう。あの爆発で、どちらの部屋の壁も壊れなかったということは、ルーム2の狙いだった爆破で壁を壊すことには失敗している。

Room1・ルーム2の脱出計画は失敗だ。

Room3・ぼくたちもそう思う。

Room1・あとはクイズを解くだけだ。

Room3・もしかして、答えを知っている？
Room1・知らない。
Room3・分かっているなら、教えてほしい。
Room1・ルーム2の五人は死んだ。殺したのはルーム3、君たちだ。

ルーム1が悪意のある書きこみをした。彼らはルーム2の出したクイズの答えを知っている。裕太にはそんな気がした。いや、もしかすると、ルーム1はもう全員の検索が終わっているのかもしれない。裕太はパソコンの前を離れると、大きく腰を捻った。中腰でパソコンに向かっていると体が凝る。それに、レーザーで撃たれた左肩も痛む。

「クイズの答えが必要ね」

由紀がそう言って、裕太の顔を見る。

裕太は口を閉ざした。

「そもそも、007の二代目って誰なの？」

と、忠治がつぶやいた。

短い間がある。

「そんなことも、知らないのか……」

苦しそうに言う声がした。

「えっ！」

裕太が振り向き、由紀も忠治も振り返る。三人の視線の先にいるのは、丸山だ。

「な、なに？」

丸山につき添っていた美奈子が、素っ頓狂《とんきょう》な声を出す。

「二代目００７、知ってるんですか？」

裕太が恐る恐る訊く。

「それくらい、知ってるよ」

「教えてください」

「そんなことも知らないのか。……初代は知っていると思うが、ショーン・コネリー。それで、二代目は『女王陛下の００７』の一作だけに出演した、ジョージ・レーゼンビーだ」

痛みに耐えながら、丸山が答える。

「その二代目の００７が、他の００７のやってないあることをやっているんです。なにをやったか、分かりますか」

「こんな時になに！」

美奈子が丸山を守ろうとして、棘《とげ》のある声を出す。

「クイズです」

由紀はルーム2から、三つ目に成功した検索項目をクイズで出されたことを説明した。

「ふふふ……」

丸山は低い声で笑った。まるで、地獄からの笑い声のようだ。

「答え、分かりますか？」

「答えなくてもいいわよ！」

美奈子がピシャリと言う。

「でも、これはあなたの検索項目ですよ」

「もし検索に成功しても、すぐにはここから出られないんでしょう。それじゃ……」

手遅れと、美奈子は言いたかったのだろうが、そこは濁した。

「いや……」

丸山は蒼白《そうはく》の顔を上げた。

「教えるよ。望みを捨てたら、誰も助からない」

人は誰でも、死を目前にすると善人になるのかもしれない。丸山は口を開けるのも辛《つら》そうなのに、裕太たちにクイズの答えを話し始めた。

「この映画は……隠れた名作だ。役者は、うまいとは言えないが……、脚本はよくできている。まぁ、007で傑作は『ロシアより愛をこめて』だと思うけど、『女王陛下……』もなかなか面白い……」

美奈子は丸山の苦しそうな姿を見たくないのか、目を閉じた。

「それで、007がその映画でしかやってないことって、なんですか？」

少し苛立《いらだ》ったように、由紀が言う。

「焦るんじゃない。私も蘊蓄《うんちく》を語るほど元気はない。二代目ボンドだけがやっているのは、結婚だ」

プレイボーイの象徴のようなジェームズ・ボンドが結婚……。にわかには信じられない。

「結婚ね。検索項目としては、おかしくないけど……。どう思う？」

由紀は、裕太に意見を求めた。

「女王陛下の007」は子供の頃、テレビで観た記憶がある。結婚するシーンは、あっただろうか。結婚したのなら、相手がいるはずだ。007に妻がいるなんて聞いたことがない。それに、次の話にも影響があるはずだ。三代目ジェームズ・ボンドは、ロジャー・ムーア。映画の中で結婚しているというエピソードはあっただろうか？

裕太は必死に思い出そうとしたが、思い出せない。思い出す糸口がほしいが……。

「007が結婚していたって、なんか嘘っぽいな」

端で聞いていた忠治が言う。

「もしかして、自分はもう助からないと思って、嘘を言ってるんじゃゃない」

「あなた、さっきまで自分は死んだって言ってなかった」

美奈子が嫌みたっぷりに言う。

裕太の頭に、「死んだ」という言葉が引っかかった。

「あっ！」

「どうしたの？」と由紀が訊《たず》ねる。

「正しいよ。丸山さんの言っていることは正しい。007は結婚している」

「本当に？」

由紀が説明を求めるように訊《き》く。

「思い出した。死んだんだ。映画の最後で、ジェームズ・ボンドは結婚するけど、奥さんは殺される。007が結婚したのは、あの映画だけだ」

「本当に大丈夫？」

「間違いないよ」

「検索項目は結婚に関することね」

由紀に念を押されて、裕太は頷《うなず》く。

「検索、お願いできますか」

由紀は美奈子に声をかけた。しかし、美奈子は反応しない。

「あの……」

「えっ」

美奈子が肩をぴくりとさせて、振り向いた。

「検索してほしいんですけど」

なにか考えごとでもしていたのだろうか、美奈子は由紀に声をかけられて驚いている。

「なんて、検索すればいいの？」

「今までは履歴が検索項目になっているから、結婚してるなら既婚で、未婚なら……」

「未婚よ！」

美奈子が遮るように答える。

裕太は美奈子の態度が気にかかる。こんな時に、上の空になっているなんて、なにかおかしい。

美奈子はパソコンに向かった。チャットの画面からインターネットの検索画面に切り替えた。

不意に裕太は胸騒ぎがする。検索項目は、結婚に関することで間違いないはず。それなのに胸騒ぎがする。ルーム2が嘘を言っていたのだろうか。考えられないことではないが、あの爆発音がルーム2からだとすると、最後のメッセージで嘘を書いたことになる。果たして、そんなことをするだろうか。そう考えると、結婚という検索項目が間違っているとは考えがたい。それなのに、胸騒ぎがする。なんだ、この胸騒ぎは……。

裕太はモニタに注目する。

美奈子は検索項目を打ちこんで、素早く検索をクリックした。

「あっ！」

裕太は検索項目を見て愕然《がくぜん》とした。

「ダメ！」

隣にいた由紀も気がつき叫ぶが、すでにあとの祭りだ。

美奈子が打ちこんだ検索項目は「死」の一文字だった。

モニタに「検索失敗」の文字が大きく映り、カッパのキャラクターが現れる。この部屋に来て何度も見た「お仕置き」という言葉。

「どういうつもり！」

由紀が美奈子に詰め寄る。

「ふふふ……」

美奈子は力なく笑っている。

「あなた、自分がなにをやったか分かってるの」

「みんな、死ねばいいのよ」

美奈子の言葉に、裕太は戦慄《せんりつ》を覚えた。彼女は本気で死のうとしている。

「どうして？」

由紀の問いに、美奈子は口の端を歪《ゆが》めて笑った。自虐的な笑みだ。

胸騒ぎの原因はこれだった。パソコンのモニタに、何か文字が映っている。

「大変だ！」

裕太は今までにないくらい深刻な声で言った。その声に、由紀は視線をモニタに戻した。

忠治はお仕置きがくると思い、酸素タンクに張りついている。ここだと安心だと思っているのだろう。しかし、今回のお仕置きは今までとは違う。

モニタに現れた文字は——、

今回のお仕置きは、コンピュータ・ウイルス。

このPCは、あと三分で使用不能になる。この意味、分かるよね。

でも、ウイルス退治ソフトを使えば助かる道もある。

ただ、これを起動すると困ったことに、一時間、部屋の機能が停止する。

それでも、使う？

（Y・N）

残り時間　2:38

時間は一秒毎に時を刻んでいく。残りは二分半ほど。

「どうすればいいんだ？」

裕太は泣きそうな声を出して、メッセージを読み返した。パソコンが使えなくなるとは、死ぬということだ。それなら、ウイルス退治ソフトを使ったら、どうなるだろう。部屋の機能が停止すると書いてあるが、どういう意味なのか。酸素の供給がなくなるのだろうか……。

YESのYを選んで、ウイルス退治ソフトを起動させるか。NOのNでパソコンを捨てるか。どちらの選択が正しいのだろう。裕太は隣を見た。由紀も思案しているようだ。

しかし、迷っている余裕はない。

美奈子は卑屈な笑みを見せているが、その瞳《ひとみ》は悲しみを湛《たた》えている。どうして、あんなことをしたんだ。いや、今はそんなことを考えている時間はない。

「どうするの？」

突然のことに、裕太の口からはこんな言葉しか出てこない。

タイマーは一分を切った。

「どっちを選んでも死ぬんだったら、行動して死にたいわ」

由紀はそう言うと、パソコンの前にいる美奈子を突き飛ばした。

無様に倒れた美奈子に見向きもせず、由紀はパソコンの前に立った。

モニタのタイマーは、0:19を示している。

由紀はキーボードのYを押した。

モニタのタイマーが止まり、

「ウイルス退治ソフトを起動します。一時間、部屋の機能が停止します」と表示される。

パソコンの電源が落ちた。

本当にこの選択でよかったのだろうか。どちらにしても、一時間はパソコンが使えない。

そして、天井のライトが消える。

一瞬にして、部屋が闇に呑《の》みこまれた。今までに経験したことのない、真の闇。

「な、なに……」

忠治の声だ。

「部屋の明かりが消えたのよ。一時間、我慢して」

これは由紀の声だ。

「こ、このまま死ぬんじゃないか……」

忠治の声は相当に怯《おび》えている。

「一時間の我慢よ。もし、おかしくなりそうだったら、目を瞑《つぶ》って。そしたら同じだから」

由紀が忠治を落ち着かせる。

この闇を一時間も我慢できるだろうか、裕太も怖かった。

空気が動いた。誰かが深呼吸をしている。

「酸素は止められてないみたいね」

由紀の声だ。

「小野寺君、どこ?」

「ここにいるよ」

由紀は、裕太の声のする方にやってきた。

「部屋の機能が停止するって、明かりが消えることなのかな」

暗闇の中、由紀の冷静な声がする。

「それだけじゃないわ」

「なに?」

「臭いわ」

「えっ?」

「おそらく、エアコンや空気清浄器が止まったのよ」

そう言われると、この部屋が適温に保たれていたのだと気がつく。血や嘔吐《おうと》物の悪臭もあまり感じなかった。ただの密閉された四角い部屋のようだが、犯人は閉じこめられた者たちが、クイズとゲームに集中できるようにこの部屋を作ったようだ。

「一時間もこんな暗闇に耐えられるかな」

「耐えられなかったら、寝て」

「そう言われても……」

「一時間たったら、起こしてあげるわ」

「川瀬さんは？」

「試してみたいことがあるの」

　エアコンが切れたせいで、少し暑くなってきた。空気も淀《よど》んでいる。暗闇で視覚が失われた分、他の感覚が敏感になっているのだろうか。音や臭いが気になる。

「あれ？」

　目の前にぼんやりした明かりが見えた。

「どうしたの？」

　由紀の声が返ってくる。

「明かり」

「どこ？」

　由紀が周りを見回す気配がする。

「あっ！」

　由紀も、その明かりに気がついたようだ。

　なんの明かりだろう。

「まんだんさん、もしかして酸素タンクの前にいる？」と、由紀が訊《き》く。

「い、いるけど。どうして？」

闇の中から、忠治の返事がある。

「少し横へ動いてくれる」

「なんだよ、一体」

忠治の返事の後、人の動く気配がして明かりが見えた。それは、酸素タンクのタイマーだ。

5:11

タイマーの明かりで、周りが少し明るくなる。タイマーが動いているということは、やはり酸素の供給はされているということだ。それが分かると一安心する。部屋の機能停止とは、天井のライトとエアコン、空気清浄器の停止のことのようだ。ウイルス退治ソフトの起動という選択は、間違いではなかったようだ。

「明かりが消えてから、三分くらいかしら」

由紀が言う。

「それくらいだと思う」

「それなら、明かりが戻るのは、あのタイマーで四時間十四、五分くらいね」

「それまでは、この闇の中か」

「やることがあるわ。まず、説明してほしいわね。あんな裏切り、許せない」

由紀はそう言うと、暗闇の中、美奈子を捜した。

美奈子はパソコン・デスクの横で蹲《うずくま》っていた。

「どういうつもりなの！」

由紀は暗闇に問いかける。

「もう終わりよ」

美奈子の答えが返ってくる。

「どうして、どうしてあんな検索をしたの」

由紀が身構える。

「どうしてなの？」

由紀が繰り返すが、美奈子からの返事はない。丸山の苦しそうな息遣いが響く。

「あなたのせいで、みんな死ぬかもしれないのよ」

苛立《いらだ》った由紀が、叫ぶように言う。

「なにか言いなさいよ！」

静寂の中、由紀の怒鳴り声が響く。

「もういいよ。やめようよ」

裕太がたしなめるように言う。

「いいって、どういうこと？」

怒りの鉾先《ほこさき》が裕太に向いた。

「彼女がなにをやろうとしたか、ぼくには分かる気がする」

「どういうこと？」

「川瀬さんは強いから……」

「答えになってない！」

「ぼくには、彼女の気持ちが分かるよ。楽になりたかったんだ。だから、わざと検索を失敗して……」そこから先は言葉にしなかった。

それを聞き、由紀は黙ってしまった。

「自殺しようとしたのよ」掠《かす》れた声で美奈子が言う。

「それだけじゃないだろう」

その声は、丸山だ。

「彼女は、私を楽にしようとしたんだよ」

姿は見えないが、美奈子の神妙な表情が頭に浮かぶ。

「美奈子は、私が苦しむのを見ていられなかったんだろう。君たちには、どう見えたか分からないが、彼女は本当はとても優しい女性だ」

「そんなの優しさじゃないわ」

すかさず由紀が言う。

「そういう優しさもあるんだよ」

「どうせ、誰も助からないわ」

床に座りこんでいる美奈子が言う。その声に棘《とげ》はなかった。

「次は、正しい検索をするんだ」

丸山が美奈子を説得しようとしている。

「でも……」

「この傷は確かに重傷だ。でも、死ぬと決まったわけじゃない。……出血も止まったし、少し楽になった……」

その言葉をどれくらい信用していいだろう。暗闇の中では、丸山の様子は確かめられない。明かりが消える前は、息も絶え絶えだった。どう考えても、回復しているとは考えられない。

「分かったわ。次は正しい検索をするわ」

美奈子が言う。

「次はお願いね」由紀の不満そうな声がする。

汚れた空気と暗闇は、五人の生きようとする気力を削《そ》いでいくようだ。それでも、裕太は生きたいと思っていた。

暗闇の中、あのメロディーが流れた。

酸素の残りは五時間、クイズの締め切りまで四時間、明かりがつくまで四十五分ほどだ。

酸素タンクのタイマーがかすかに灯《とも》っている中、黒い影が裕太に近付いてくる。由紀だ。

「ちょっと、話があるんだけど……」

周りを気にしているのか、由紀は声を潜めて言う。

「なに？」

「ウイルス退治ソフトを起動させたらどうなるって書いてあったか、覚えている？」

「部屋の機能が停止する、だと思うけど」

「やっぱり、そうよね」

「それがどうかしたの？」

その問いに由紀は答えなかった。

「この闇の中だと、監視カメラも役に立たないかな」

「いや、そうとは限らないな。赤外線カメラがある」

「暗闇でも写る？」

「絶対とは言えないけど……」

少し間がある。

「まぁ、いいわ。それでも」

暗くて表情は見えないが、由紀には考えがあるようだ。

「壁を調べてみようと思うの」

「えっ！」

由紀の提案に、裕太は思わず声を出した。

「でも、壁には電流が……」

言いかけて、由紀の考えていることが分かった。

「そうか！　壁の電流も止められているかもしれない」

由紀が頷《うなず》く。

「でも、止められてなかったら」

「その時は、その時よ」

由紀は平然と言ってのけた。

電気ショック。裕太も小学校五年生の時、友人と一緒に肝だめしで入った廃工場の壊れたコンセントを触って感電したことがある。飛び上がるほど痛かった。あれから、電気は大の苦手だ。

「心配しないで、壁には私が触るわ」

まるで裕太の考えていることを見透かしたように、由紀が言う。

「電気が切られていたら、壁を調べてみましょう。その時は、小野寺君も手伝ってね」

言い終わると由紀は暗闇の中に消えた。

「気をつけ……」

裕太の声は尻切《しりき》れになった。

また、失敗した。裕太は由紀にいいところを見せることができなかった。もし、このまここで死ぬようなことになったら、裕太はただの情けない男だ。

「やったわよ。電気は切られてる」

由紀が戻ってきて、興奮した声で言う。

「どうしたらいい？」

由紀は薄明かりの灯る酸素タンクのタイマーをちらりと見た。

4:55

電源が戻るまで四十分くらいか……。

「まんだんさんにも、手伝ってもらって壁を調べましょう」

「分かった」

裕太は酸素タンクの横に座りこんでいる忠治に、壁を調べることに協力してほしいと頼んだ。

「いいよ」

意外にも忠治は承諾してくれた。

「ここで殺されるのは、なんか癪《しゃく》だ」

「お願いします」

「本当に電流、流れてないんだよね」

「は、はい……」

自分で確かめたわけではないので、裕太は曖昧《あいまい》に答えた。

「電気ショックだけは、ごめんだからね」

裕太も同じ意見だ。

「どっちに行ったらいいの？」

「それは……適当に」

「適当か……」忠治はぶつぶつ言いながら暗闇に消えた。

裕太は忠治と反対方向に歩き出した。そこに、寄り添っている美奈子と丸山がいる。本当なら、美奈子にも壁を調べるのを手伝ってほしいのだが、この様子では頼めない。裕太は手探りで、壁を探した。由紀は電気は切られていると言っていたが、やはり怖い。いきなり壁に当たって、ビリッときたのではたまらない。

伸ばした右手の指先が軽く壁に触れ、咄嗟《とっさ》に手を引っこめた。自分の臆病《おくびょう》さに苦笑いする。今の感触では電気は通っていない。もう一度、ゆっくりと右手を伸ばす。冷たい感触が指にあった。やはり電気は流れていない。思い切って掌《てのひら》を当ててみる。大丈夫だ。裕太は痛みをこらえて左手も伸ばし、両手を壁に沿わせて左右に動かす。冷たい感触。

掌に神経を集中させて下は床面から、上は手の届くところまで壁を調べる。どこも同じ感触だ。窪《くぼ》みや凹凸、継ぎ目のようなものはない。右に動いて同じように床面から手の届く高さまで慎重に調べてみる。ここにも変わったところはない。さらに右に動く。

ここにもなにもない。

ここにも、ここにも、ここにも、ここにも……。

暗闇の中、壁を調べる裕太は、徐々に自分のやっていることが無意味に思えてくる。由紀たちはどうしているのだろう。動く音は聞こえるが、姿は見えない。

闇の世界。どこまでも続く常闇……。

ここは、本当に部屋の中なのだろうか。裕太はふとおかしなことを考えてしまう。自分は生きているつもりになっているが、レーザービームのお仕置きで死んだのではないだろうか。あの光線は肩ではなく、頭に当たったのではないだろうか。即死だったので、その時の記憶がなく……。いや、もしかすると、もっと前に死んでいるのかもしれない。由紀を送る際に乗ったタクシーが事故を起こして……。ここは、あの世の入口……。

裕太は映画「シックス・センス」を思い出した。自分たちは、あの映画の主人公と同じように、すでに死んでいるのではないだろうか。そのうち、自分たちが死んでいることに気付くのではないだろうか。

世間が絶賛した「シックス・センス」だが、裕太は不満だった。昔のアメリカのテレビ・ドラマ「ミステリーゾーン」に似た話があるからだ。若き日のロバート・レッドフォードが出演した「死神の訪れ」という話だ。ストーリーは、死を恐れて部屋に閉じこもっている老婦人のもとに若い警官がやってくる。老婦人は警官と話すうちに閉ざしていた心を開いていくのだが、実は警官はあの世からの使者で、すでに亡くなっていた老人を迎えにきたという話だ。死を恐怖ではなく、安らかな世界として描いた秀作だ。

映画とドラマには詳しいと自負していた裕太だが、その知識は大したものではないと思い知らされた。それにしても、二代目007が誰か分からなかったのは不覚だった。そんな余計なことを考えていると、闇の呪縛《じゅばく》から逃れられる気がする。そう言えば、無駄なことが大切だという教えがある。「無用の用」という。無意味なものこそ、実は重要なのだという荘子《そうし》の教えだ。これをテーマにした映画があったが、なんという映画だっただろう……。裕太はその映画を思い出すことができなかった。

「まぁ、いいか……」

裕太はもう一度、自分の作業に専念した。すべての神経を掌に集中させ、壁を調べる。

「おや……」

裕太の指になにかが引っかかる。指を沿わせてみると、壁の継ぎ目のようだ。

「川瀬さん……」

小声で由紀を呼ぶ。

「なに、小野寺君……」

由紀の声は、思ったより近くから聞こえてきた。四、五メートルしか離れていない。

「ちょっと来てくれるかな」と言う裕太。

闇の中、裕太の声を頼りに由紀が近付いてくる。

「どうしたの？」

「この壁、継ぎ目があるみたいなんだ」

「どこ？」

由紀が伸ばした手を裕太が握る。初めて手を握るのが、こんな状況だとは思ってもみなかった。

彼女の手を壁の継ぎ目と思われる箇所に持っていく。由紀の指が、それを触る。

「本当だ。継ぎ目みたいね」

暗くて由紀の喜ぶ顔が見えないのが、残念だった。

「どうなってるのかしら」

継ぎ目のような線は、壁を斜めに切ったように走っている。

「どうしたの」

いきなり忠治の声がして、裕太は驚いて由紀の手を放した。

「なに、いちゃついちゃってるの」

まるで芸人に戻ったような話し方で、忠治が言った。

「継ぎ目を見つけたの」

由紀が真面目に答える。

「どこ？」

忠治が由紀の手を触ろうとしたようだったので、裕太が横からその腕をつかんだ。

「なにするの」

忠治が不満そうな声を出した。

「継ぎ目が知りたいんだろう」

二人の時間を邪魔されて、裕太は少し怒っていた。

「別に、あんたに教えてもらわなくてもいいよ」

「遠慮しないで」

裕太はそう言うと、忠治の手を壁の継ぎ目らしきところに持っていった。次の瞬間、壁から青い火花が散り、体に痺《しび》れが走った裕太と忠治はその場に倒れた。

「どうしたの？」

由紀の声が上から聞こえてくる。

「で、電流が流れている」

部屋の明かりはまだ点《つ》かないが、壁の電気は流れ出したようだ。

「危ないから触らない方がいいよ」

床に倒れたままで裕太が言う。

「ここまでね……」

「騒いで、犯人に気付かれたのかな」

「まぁいいわ。継ぎ目があるのが分かっただけでも収穫よ」

由紀の声は、相変わらず力強い。

「この場所、覚えておいて」

「そう言われても、この暗闇じゃ……」

「そうね。取りあえず、ここを動かないで」

「川瀬さんは？」

「時間を見てくるわ」

そう言うと由紀は闇に消えた。

裕太は軽く肩を回したり、手を握ったり開いたりして、体を動かした。まだ、体が痺れている。闇は息が詰まりそうで、苦手だ。時間が長く感じられる。由紀がタイマーを見に行ってから、どれくらいたつだろう。そういえば、忠治の声がしない。まさか、彼女について行ったのだろうか……。暗闇が裕太の不安を増幅させる。忠治が由紀を襲う姿を想像してしまう。そんなことあるはずはない。この状況でそんなことをするなんて……。それに、なにかあったら音で分かるはずだ。なにもあるはずがない。妄想に過ぎない。暗闇だ。暗闇がおかしなことを想像させるんだ。早く明るくならないだろうか。由紀が心配で、いてもたってもいられない。どうしたんだ。どうして、遅いんだ。由紀を呼ぼうか……。

「小野寺君……」

由紀の声が聞こえた。

「こ、ここだよ」

間を空けずに言う。

その声を頼りに、由紀が戻ってくる。

「まだ十分以上も時間があるわ」

由紀の声を聞いて、裕太は安堵《あんど》の溜息《ためいき》を洩《も》らした。

「まんだんさんがいないみたいなんだけど」

裕太が言う。

「ぼくなら、ここにいるよ」すぐ隣から忠治の声が聞こえてきた。

「えっ!」

どうやら忠治は裕太と一緒に倒れて、そのまま隣にいたようだ。

暗中模索での疑心暗鬼とでも言うのだろうか。いや、二つを合わせて暗中疑心と言った方が正しいだろう。暗闇の恐怖が、疑う心を作り出したのだ。

「場所が分からなくなるから、ここから動かない方がいいわね」

由紀の声は、裕太を落ち着かせる。しかし、あと十分もこの闇の中で、なにもしないでいるのも辛《つら》い。また、暗闇に負けておかしな想像をしてしまいそうだ。

「ここって、部屋の中だよね」

この声は忠治だ。

「そうよ。どうして?」

「こんなに真っ暗じゃ、まるで死んだ気になるんだけど……」

忠治も暗闇の疑心にあっているようだ。

「ぼくも同じだ」裕太が言う。

「頭がおかしくなりそうだ」

切迫した声で、忠治が言う。

「あと十分だから、目を瞑《つぶ》っている方がいいわ」

「でも、それも怖いよ。自分が死んでしまったみたいだ」

気が小さいと思われるかと心配しながらも、裕太は正直な気持ちを言った。

「なにかをやって気を紛らわせるのがいいかもしれないわね」

由紀が言葉を止めると沈黙がおりてくる。

暗闇と静寂が、人を不安に陥れる。

裕太は沈黙を破るために、口を開いた。

「さっきのクイズの続きをやろう」

「クイズ？」

由紀は自分で出したクイズを忘れているようだ。

「秋にあって、夏にないとか言ってただろう」

「ああ、あれ」

裕太に言われて、ようやく思い出す。

「答え聞いてないよ」

「そうだった」

「クイズって、なに？」

忠治が口を挟む。

「それじゃ、問題を出すわよ」

由紀は相変わらずのマイペースだ。

「東京にあって、大阪にない。春と秋にあって、冬と夏にない」

裕太は思考を巡らせる。なにか思い当たることがありそうだが、答えは出てこない。

「お茶漬けにあって、カレーにない」

「ん？」

忠治が短く言う。

「分かった？」と由紀。

「いや、続けて」

そう言われて、由紀が問題を続ける。

「秋刀魚《さんま》にあって、鯛《たい》にない」

「ヒントはないの？」忠治が言う。

「映画に関係してることよ」

「それなら、やっぱりあれだ」

忠治がなにか分かったようだ。裕太は苛々《いらいら》してきた。

「答え、言ってもいい？」と、忠治が言う。

「いいわよ」

「小津安二郎《おづやすじろう》じゃない？」

忠治が言った。

映画監督の小津安二郎だろうか。小津映画は何本も見ているが……。

「あっ！」

思考が繋《つな》がったが、すでに遅かった。

「正解よ」

由紀がゲーム・オーバーを告げる。

どうして、気がつかなかったのだろう。００７の答えは丸山に、小津安二郎は忠治に答えられてしまうなんて、裕太は映画オタクとして面目がなかった。

「小野寺君、分かった？」

「うん……」

蚊の鳴くような声で言うが、由紀には聞こえなかったようだ。

「全部、小津安二郎の映画のタイトルよ。『東京物語』はあるけど、『大阪物語』はないでしょう。『晩春』に『麦秋』とタイトルに春と秋がついている映画はあるけど、夏と冬がついているのはない。同じように、『秋刀魚の味』や『お茶漬《づけ》の味』はあるけど、鯛やカレーがついたタイトルはないわ」

由紀の声がどこか遠くから聞こえているようだった。

「他にも秋がつくタイトルだと『秋日和』や『小早川《こはやがわ》家の秋』というのがあるよ。春だと『早春』という映画もある」

ご丁寧に忠治が補足する。

「小野寺君、映画の勉強してるんでしょう。小津映画は嫌いなの？」

裕太はなにも言えなかった。

「小野寺君、どうしたの？」

「なんでもない……」

言い訳をする元気も出なかった。死を恐れていたのに、今は死にたい気分だ。こんな時に「無用の用」がテーマの映画を思い出した。小津安二郎監督の映画「お早《は》よう」だ。父親に、無駄話ばかりしていると怒られた兄弟が反論する。大人だって無駄なことばかり言っているだろう。「こんにちは」「おはよう」「こんばんは」などと言う。そして、兄弟はもう話をしないと可愛い反抗をする。人は無駄な話ばかりしているが、実はそれが重要なのだというテーマの映画だ。無用の用を分かりやすく表現した名作だ。

天井のライトが灯《とも》った。

いきなりの光に目が眩《くら》み、裕太は目を瞑った。

「どういうこと?」

由紀の声が聞こえてくる。

裕太はゆっくりと瞼《まぶた》を上げた。光に目が慣れて、周りが見えてくる。隣を見ると、由紀が呆然《ぼうぜん》とした表情をしている。なにがあったのだろう。由紀の視線の先を見て、裕太も呆然となる。

「どうなってるんだ……」

裕太たちは、部屋の中央に立っている。

そんなはずはない。裕太と忠治は電流の流れている壁に触れて、その場に倒れた。壁から一メートルも離れていないはずだ。それが……。

沈黙の後、由紀が口を開いた。

「続きをやるしかないみたいね」

悩んでいる時間はないと判断したのか、由紀はパソコンの前へ向かった。

裕太と忠治も、彼女に続いた。

丸山は床に倒れたままだ。美奈子が甲斐甲斐《かいがい》しくつき添っている。

パソコンの電源も戻っていた。

モニタには「ウイルス駆除、完了」と大きく文字が映っている。

「検索してもらえますか？」

由紀がつっけんどんに美奈子に言う。

丸山はすでに虫の息。あと何時間もつか心配だ。

美奈子はよろよろとパソコンに向かう。由紀が監視するようにじっと見ている。二度と間違いの検索はさせないという構えだ。

美奈子は「未婚」と打ちこみ、検索をクリックする。

モニタにカッパのキャラクターが現れ、吹き出しが出る。


検索成功。おめでとう。今回は特別のリラックスタイム、音楽を一曲お楽しみください。

①　BOHEMIAN RHAPSODY／Queen
②　THE SIGN／Ace of Base
③　I'M NOT IN LOVE／10cc
④　エロティカ・セブン／サザンオールスターズ
⑤　JACK & DIANE／John Cougar
⑥　8 MILE／Eminem
⑦　99／TOTO

⑧ KISS ME／Sixpence None the Richer
⑨ EASY MONEY／King Crimson
⑩ DESIRE／U2
⑪ SUKIYAKI／For Positive Music
⑫ NEVER CAN SAY GOODBYE／The Jackson 5
⑬ MORE LOVE／Third World
この中から、一曲選んでください。


「なに、これ?」と、由紀がつぶやく。

モニタに映し出された曲名とアーティスト名、これになにか意味があるのだろうか。

裕太は曲名に目を通した。知っている曲も何曲かあるが、犯人の狙いまでは分からない。

沈黙していると、美奈子が、「どうするの?」と言う。

由紀はモニタを凝視し、なにか考えている。裕太も一緒になって考えるが、この曲名の羅列になにか意味があるとは思えない。

モニタのカッパのキャラクターの吹き出しが出る。

早くしないと、こっちで決めるよ。

「ねえ？」

美奈子が訊《き》くが、裕太と由紀は、口を開かない。しびれを切らした美奈子は、適当な曲を選ぶ。

⑪　SUKIYAKI／For Positive Music

フォー・ポジティヴ・ミュージックの唄う「スキヤキ」がパソコンから流れた。

「音楽がかかるだけじゃない……」

美奈子が批難するように言う。

「十三よ」

由紀が考えていたことを口にした。

「十三がどうかしたの？」と、裕太が言う。

「選ぶ曲が十三曲あった。おかしいと思わない？」

「どうして？」

「普通なら、区切りのいい数字にするでしょう。例えば十曲とか。それが十三曲あった。

これってなにか意味のあることだと思うの」

「十三ね……」

しかし、その意味がなにか、誰も分からなかった。

重苦しい沈黙の中、パソコンから美しい男性コーラスの「スキヤキ」が流れている。

酸素タンクに取りつけられたタイマーは4:00を示している。

裕太たちは相変わらず、途方に暮れていた。美奈子の検索が成功したことで、残りは丸山と裕太だけになった。

しかし、検索項目は皆目、見当がつかない。残された検索回数は三回、失敗は一回しかできない。その上、丸山の容体は誰が見ても危険だと分かるほど悪くなっている。丸山が死ぬとゲーム・オーバー。おそらく、全員が死ぬことになるだろう。どうにかして、丸山が死ぬ前に検索を成功させなければならない。

裕太はパソコンのモニタに目をやった。

モニタには、検索画面が映し出されている。最初、五人の顔写真が映っていたところに、今は由紀のところは「5」、忠治のところは「W・C」、美奈子のところは「For Positive

Music」と表示されている。顔写真が残っているのは、検索に成功していない裕太と丸山だけだ。

パソコンの前にいる由紀は、神妙な顔で考えこんでいる。リラックスタイムの後、彼女は一言も発していない。

「なにか、分かったの？」

裕太は恐る恐る訊いてみた。

「分からない。分からないけど……。糸口がつかめそう……」

「美奈子さんの検索結果が十三あったこと？」

由紀が頷《うなず》く。彼女は、その十三という中途半端な数が引っかかっているようだ。

「私が検索に成功した時も、選択肢は十三あったわ」

そうだっただろうか……、裕太は思い出せない。

「でも、まんだんさんの時は、選択肢はなかったよ」

「だから、分からないの……。もしかしたら、彼は私たちとは違うのかもしれない」

「違うって、なにが？」

「そこまでは分からないわ」

由紀が苛立《いらだ》ったように言う。

「そう言えば、ルーム5にもタレントのしんたろうがいたみたいだし、ルーム2にも落語家がいたみたいだね」

「どの部屋にも芸人がいるということね」

「いるわ。多分、ルーム1のことは分からないけど。分かっているかぎりはいるみたいだね」

「いるわ。多分、ルーム1にも芸人がいる。隠してるのよ。……ちょっと、待って」

由紀はなにか思いついたのか、パソコンのモニタを検索画面からチャットに切り替えた。

「どうしたの？」

「情報よ」

由紀はチャットの画面をスクロールさせて、書きこみを調べ始めた。彼女がなにをやろうとしているのか、裕太には分からなかったが、同じように書きこみに目を通す。

「やっぱりね」

いくつかの書きこみを読み直した後、由紀が言った。

「なにか分かったの？」

「ルーム1は人物構成を何度も訊いてるわ。『監禁されている人物構成を教えてくれないか』とか『ルーム3の人物構成は？』とか……。他の部屋の情報がほしかったのよ」

「それなら『会社員はいるか？』とか『背広姿か？』とも訊いていたよ」

「きっと意味があるのよ」

「ルーム2は、会社員は重要人物だと書いていた」

「会社員、丸山さんね……」

由紀はちらりと丸山を見た。床に倒れてぐったりしているが、意識はあるようだ。横には今にも泣きだしそうな目の美奈子がつき添っている。

「背広姿かと訊いてきた件はどう思う？」

「分からない。タレント、会社員、十三の選択肢、これを繋《つな》げるものってなにかしら？」

由紀はそこまで言って黙った。この三つに何か共通点でもあるのだろうか。裕太は頭をひねって考えるが、答えは見つからない。しばらく、二人は黙っていた。

「数字には、関係があるみたいだね」

沈黙を破ったのは忠治だった。

「なにか、分かったの？」由紀が訊く。

「さっきの検索結果で選ばれた曲の中に、数字の入ったものがいくつかあった」

「どんな曲があったかな？」

美奈子の検索結果の中で、裕太が覚えているのは一曲だけだった。

「サザンオールスターズの『エロティカ・セブン』があったよ」

「セブンか……。他には？」

由紀に訊かれたが、裕太は他の曲が思い出せなかった。

「10ccの『アイム・ノット・イン・ラブ』も」忠治が言う。

「10ccは、曲名じゃないよ」

裕太が指摘すると由紀が顔をしかめた。

「茶々入れないで。10ね」

裕太は正当なことを言ったつもりだが、邪魔者扱いされてしまった。

「エミネムの『8マイル』」

「8ね」

「トトの『99』」

「99か9」

「でも、選ばれた曲は、フォー・ポジティブ・ミュージックの『スキヤキ』だよ。どこにも数字は入ってない」

「それが、入ってるんだよ。フォー・ポジティブ・ミュージックの通称は4p.m.。つまり、4だよ」

忠治が茨城訛《なま》りで言う。どうやら、忠治は洋楽にも詳しいようだ。

「それじゃ、十三曲あったから数字も1から13ということかな」

「だとしたら、トトの『99』は『9』ということね」

「曲名もミュージシャンもよく覚えてないけど、数字の13が入った曲なんて、あったかな？」

忠治の考えを否定したいわけではないが、裕太は素直に疑問を口にした。

忠治も由紀も検索結果の曲を思い出そうとしたが、11、12、13という数字の入った曲かミュージシャン名は思い出せなかった。

その時、メール受信をしらせる短いメロディーが聞こえてきた。

由紀がメールソフトの画面に切り替える。受信トレイに、一通のメールが届いている。

「またメールよ」

そう言うと、由紀は受信したメールを開く。

送信者：マスター
件名：ゲーム名

みなさん、元気にしていますか。

あっ、元気なわけないか。クイズの締め切りまであと二時間と少しです。

焦ってください。でも、死なないようにね。世の中、死んだら終わりだよ。

それから、みんなも気付いてると思うけど、同じ作りの部屋が五つあります。

それで、いいことを思いついたんだ。

なんだと思う？

教えちゃう。五人の部屋が五個。5×5、「ごご」だ。

決定！　パンパカパ〜ン。

この命をかけたゲーム名は「午後」から、「アフタヌーン」に決定しました。

アフタヌーンは十二時間だし、このゲーム名にぴったりでしょう。

我ながら、さえてる。

それじゃ、残りの数時間を有意義にね。


由紀は無言でメールソフトの画面を閉じた。

「閉じちゃっていいの？」

忠治の問いに、由紀は答えない。

「メールになにか隠されたヒントが書いてあるかもしれないよ」

しかし、由紀は口を開かない。裕太がちらりと由紀の顔を見ると、彼女は険しい顔で唇を噛《か》み締めている。犯人からの嘲弄《ちょうろう》メールが、よほど口惜《くや》しいのだろう。

「むかつく」

由紀が柳眉《りゅうび》を逆立てる。

「犯人の狙いは、それじゃないかな」のんびりした声で忠治が言う。

「なるほど」裕太も同意する。

「なに？」

「あのメールは、ぼくたちをいらいらさせるための嫌がらせだ」

由紀が口をへの字に曲げる。

格闘技の試合で、選手が疲れて攻撃もできずに睨《にら》み合いが続くことがある。そういう時、レフェリーは選手に、戦うように命じる。客は格闘を観にきているんだ。攻撃しろ！　と。マスターからのメールはこれと同じだ。裕太たちをここに閉じこめた人物は、人間が苦しむ姿が見たいのだ。考えこんでいる時間があるんだったら、苦しめ、苛立《いらだ》てということなのだろう。

しばらくの間、誰も言葉を発しなかった。

〝ズッ、ズッ、ズッ、ズッ、ズッ……〟

静寂の中、なにか重そうな物を引きずるような音が聞こえてくる。

裕太が振り向くと、丸山の体を引きずっている美奈子がいる。その姿を見て、遂《つい》に丸山が死んだのだと思った。しかし、そうではなかった。青白い顔をしているが、丸山はまだ生きている。

「どうしたの？」由紀が訊《き》く。

「わ、私が、頼んだんだ……」

丸山が苦しそうに言う。

いいんじゃないかって言うの」

「彼の検索項目、分かった？」

美奈子の質問に、由紀は首を横に振る。

「そう……。彼がね、もし検索項目が分かった時、少しでもパソコンの近くにいた方がいいんじゃないかって言うの」

「そうね」

丸山の意見は合点がいくものだ。もし、検索項目が分かっても、検索する前に丸山が亡くなっては、元も子もない。一刻を争うようなことにならないとも限らない。丸山はパソコンの近くにいるのがいいだろう。

「お願いがあるの」

美奈子は、裕太に向かってしおらしく言った。

「もう一度、チャット・ルームで助けを求めてくれない？」

「でも望みは薄いよ」

「それでも、やるだけやってみて」

この部屋で、唯一頼みを聞いてくれそうな裕太に、美奈子は言い寄った。

「それはいいけど……」

裕太は困って、由紀の顔色をうかがった。

「分かったわ。やってみましょう」

意外にも由紀はあっさりそう言った。

Room3・重傷の人物がいます。会社員です。彼の検索項目を知っている人がいたら教えてほしい。彼が死んだら、私たちは終わりです。助けてほしい。


由紀はチャットに書きこみをしたが、どの部屋からもメッセージは返ってこなかった。長い沈黙が続く。時間だけが無情に過ぎてゆく。

「反応なしね」

「そうみたいね」

美奈子が肩を落とす。

「一か八かで、適当な項目を入れて検索してみようか」

裕太は思いつきを口にした。

「それは最後の最後よ。勝手なことはしないでね」

「そうか、そうだね……」

「まだ、時間はあるわ。なにか考えましょう」

裕太は由紀の考えには同意できなかった。もし、丸山が死んでしまったら、いくら時間が残っていても、そこでゲーム・オーバーになってしまう。

パソコンの前で、美奈子がデスクにもたれている丸山に言う。

「苦しくない?」

「腹が、痛い……」

美奈子は丸山のズボンのベルトをゆるめる。

なんとなく見てはいけないような気がして、裕太は目を逸《そ》らした。由紀も忠治も、丸山たちの姿にいたたまれなくなり目を逸らす。

なにをするでもなしに、裕太は壁や天井を眺めた。本当に、この部屋から抜け出すことはできないのか。パソコン、電流の流れた壁、酸素タンク……。ルーム2の試したこと以外にも、ここから脱出する方法はないだろうか……。

脱走映画というと、スティーヴ・マックイーンの「大脱走」、「パピヨン」、クリント・イーストウッドの「アルカトラズからの脱出」。どれも不可能を可能にしてきた。それを考えたら、この部屋からの脱出だって……。いや、そうではない。「大脱走」も「パピヨン」も脱走に成功したとはいえない。「アルカトラズからの脱出」は刑務所からは出たが、生き延びたかは不明だ。「CUBE」もあの空間からは脱出できなかった。やっぱり、ここから出ることはできないのか。……いや、成功例がある。刑務所から脱走して生き延びた映画がある。「ショーシャンクの空に」は脱獄に成功して、ハッピー・エンドだった。文句なしのハッピー・エンドだ。

「うっ！」

裕太が映画のことを考えていると、後ろから女の短く呻《うめ》くような声が聞こえてきた。

「今の声、なに？」

振り向いた裕太の目の前で、信じられないことが起きていた。

「た、助けて……」

床に跪《ひざまず》いた由紀が首を伸ばして、うつろな瞳《ひとみ》でこちらを見ている。彼女の首には黒革の男物のベルトが巻かれていて、後ろで美奈子がそのベルトの両端を握っている。

「な、なに……」

呆然《ぼうぜん》としている裕太に向かって、美奈子が声を張り上げる。

「動かないで！」

その声に驚いて、忠治も振り向く。

「動いたら、彼女の首を絞めるわよ。私、こう見えても、腕力には自信があるのよ」

どうやら、美奈子の言うことを聞くしかなさそうだ。

「どういうつもりですか？」

こんなところで仲間割れの殺し合いをしても意味はない。これじゃ、まるでB級のギャング映画の一場面だ。

「このままじゃ、埒《らち》が明かないでしょう」

「それは分かるけど、どうしてこういうことになるんですか？」

「あなたたちには悪いけど、賭《か》けに出るわ。そのためには、このうるさい女は黙らせなきゃならないの」

「なにをするつもりですか？」

「それは、あなたが言ったでしょう」

そう言われても、裕太はなんのことか、思いつかない。

「一か八かで、検索してみるのよ」美奈子が言う。

「でも、それは最後の手段として……」

「時間がないの。私たちは一刻も早くここから出たいのよ」

丸山も美奈子も覚悟を決めているようだ。

「みんな、罠《わな》だったのか……」

美奈子が丸山を引きずってパソコンの前に来たのも、丸山が「腹が、痛い」と言ってベルトをゆるめたのも……。皆が目を逸らすと美奈子は、隙を見て由紀の首に丸山のベルトを巻いて人質にしたのだ。すべて、計算ずくだった。

「おかしなことしたら、彼女を絞め殺すわよ」

美奈子が凄《すご》んでみせる。

「検索項目は考えているの？」

忠治が冷静に訊《き》く。

「考えてあるわ」

「なに?」

「『会社員』よ」

悪い選択ではない。クイズの問題は「あなたは、な〜に?」だった。成功した検索項目は、生まれた年、名前、未婚の三つ。残りの検索項目で考えられるのは、住所、学歴、職業、性別、趣味、特技……。もし、検索項目が他の部屋と共通だとしたら、他の部屋にも会社員はいたようだし、「会社員」という選択肢は有力な候補だ。それに、検索に成功していない裕太と丸山のうち「会社員」は丸山の方だ。この賭けは勝算のないものではない。

「本当に大丈夫なの?」

首にベルトを巻かれた由紀が言う。

「あなたに意見する権利はないのよ」美奈子がきっぱりと言う。

「彼は、重要人物よ……」

由紀は忠告を無視して話そうとしたが、ベルトを持つ美奈子の腕に力が入ると話を止めた。

「失敗は、しない」

丸山はそう言いながら、最後の力を振り絞るようにしてパソコンに向かう。

裕太の頭に疑問が浮かぶ。由紀が言ったように、会社員は重要人物だ。それが単に「会社員」という簡単な検索項目だろうか。「会社員」なら「サラリーマン」という言い方もある。なにより気になるのは、ルーム1が質問してきた「背広姿ですか？」という言葉。「背広姿」に意味があるのだろうか……。頭の中が疑問符でいっぱいになる。

丸山は検索欄に「会社員」と打ちこむ。

「待って！」

咄嗟《とっさ》に裕太が声を上げる。

美奈子が警戒しながら、裕太を睨《にら》む。

「検索は『会社員』じゃないかも……」

「それじゃ、なに？」

「きっと……『背広』だ」

「えっ、背広？」

怪訝《けげん》な顔で美奈子が訊き返す。

「検索項目がほかの部屋と共通だとしたら、『会社員』の検索は間違いだ」

「どうして？」

「たしか、ルーム2には会社の社長はいたけど、会社員はいなかった。それに、部屋の人物構成を知りたがっていたルーム1がなぜか、会社員は背広姿か訊いてきていた」

「彼が正しいわ」

首にベルトを巻かれた由紀が言う。

丸山は検索ボタンをクリックしようか、迷っている。

「どうする？」

美奈子が丸山の判断を仰ぐ。今まで丸山は「生まれた年」で検索して、失敗。「名前」

で検索して失敗と失敗続きだ。丸山は躊躇《ちゅうちょ》している。自分たちの考えが揺らぎ始めたようだ。

「変更だ」

丸山が掠《かす》れた声で言う。

「会社員」という文字を削除して「背広」と打ちこむ。

「これでいい？」美奈子が裕太に訊く。

「絶対とは言えないけど、『会社員』よりは成功率が高いように思う」

「仕方ないわね。誰も正解が分からないんだから」

裕太は返す言葉がない。

丸山が「検索」をクリックしようとする。みんなの視線が釘付《くぎづ》けになる。その時、ベルトを持つ美奈子の力が緩んだ。由紀はそれを見逃さなかった。刹那《せつな》、由紀は首に巻かれたベルトを振りほどくと素早く立ち上がり、美奈子に蹴《け》りを入れた。きれいな前蹴りが美奈子の腹部に命中した。美奈子は丸山にもたれかかるようにして、倒れた。その勢いで、丸山はマウスをクリックする。八回目の検索が始まった。

パソコンは低い唸《うな》りを上げて、動き出す。

蹴りを入れた由紀も、倒れた美奈子も、裕太も、忠治も、息を殺して検索結果を待つ。

じりじりとした時間が五人の間に流れる。

この間……、いつもより長い。

どうして長いんだ。

長く感じるだけなのだろうか……。

ようやく、モニタにカッパのキャラクターが現れた。

五人の視線がモニタに釘付けになる。


悲しいお知らせです。

検索は失敗です。ご愁傷様。


その文字は、裕太たちの心を逆なでするかのように、今までとは字体を変えた行書体で書かれていた。しかし、五人に怒っている時間などない。

お仕置きがやってくる。

どこからかモーターの動くような不気味な機械音が聞こえてきた。

また音のお仕置きか？　いや、違う。これはなにかが動いている音——この部屋だ！　部屋が動いている。ゆっくりと斜めに傾いている。まるで、ジョギングマシンの角度を上げるように、部屋の傾きが徐々に大きくなる。

「なにをするつもりなんだ……」

床の傾きが急になり、足に力を入れてないと立っていられなくなる。このまま床が傾いたら、下の壁に転げ落ちてしまう。壁には電流が流れている。今度のお仕置きは、電流地獄なのか。

裕太が視線を巡らすと、由紀が動くのが見える。それを見ていた忠治も動く。

裕太も足を踏ん張って、酸素タンクの脚に飛びついた。

瞬間、ギアを切り替えたように部屋の傾きが大きくなった。

間一髪、裕太は床に固定された酸素タンクの脚に摑《つか》まった。

丸山のベルトが床をすべり落ちていく。その様子を裕太は目で追った。

ベルトは壁に当たり、電気が流れると思ったが、そうではなかった。この部屋の仕掛けは裕太の想像を超えていた。ベルトの落ちた先に壁はなかった。そこだけ、壁が開き大きな穴になっている。壁の向こうには、無限の闇が広がっている。まるでブラック・ホールの入り口だ。ベルトはその穴に落ちると一瞬にして消えた。異次元にワープしたのか、はたまた高温で瞬時に焼却されたのか、あるいは目の錯覚か……。本当のところは分からないが、あの穴に落ちたら命はないことくらいは想像がつく。

裕太が目を上げると忠治が自分と同じように酸素タンクの脚に摑まっているのが見えた。どうやら、安全な場所を確保できているようだ。視線を巡らせ由紀を捜す。由紀はパソコン・デスクの脚に摑まっていた。右手でデスクの脚に摑まり、左手で丸山を抱えている。床の角度が急になり、遂《つい》に九十度になる。いままでの床は壁になり、壁の一面が真下になる。そこには暗黒が広がっている。

忠治、由紀、丸山……、美奈子がいない。裕太は更に視線を巡らせる。美奈子の姿があった。

美奈子は宙吊《ちゅうづ》りで由紀の左足に摑まっている。由紀の右腕には、丸山と美奈子と自分の三人の体重がかかっている。

もし由紀がデスクの脚から手を放すと、三人は暗黒の穴に落ちてしまう。

裕太の場所からでは、由紀に手を伸ばしても届かない。彼女が助かるとしたら、丸山を放して、両手でデスクの脚に摑まることなのだが、そうしたら丸山はどうなるだろう……。ブラック・ホールに落ちて永遠に帰ってくることはないだろう。丸山はまだ検索に成功していない。その時点で、この部屋はゲーム・オーバー。だからといって、裕太は助けにいくこともできない。このまま由紀を見守ることしかできない。

「早く終わってくれ！」裕太が叫ぶ。

由紀の腕がぶるぶると震えている。このままだと三人ともブラック・ホールに落ちてしまう。

「た、助けて……」

美奈子の、蚊の鳴くような声が聞こえる。

「まだ終わらないのか……」

裕太は由紀の顔を見た。もう限界だというのが傍《はた》から見ても分かる。

「丸山さん、丸山さんを放して」

裕太がそう言った瞬間、由紀は体を揺らして右足を大きく引いた。

「やめるんだ！」

裕太が言うが、由紀は左足に摑まっている美奈子の顔面を思い切り蹴飛ばした。

美奈子の首がガクッと揺れ、体が由紀の足から離れた。

美奈子の顔が恐怖に歪《ゆが》む。

まるで時が止まったように、裕太には美奈子の絶望に満ちた顔がはっきりと見えた。

あの顔は一生、忘れられないだろう。一生と言ってもあとどれくらいか、分からないが……。

美奈子は顔を歪め、悲鳴を上げながらブラック・ホールへ落ちていった。そして〝ジュ

〝ッ〟となにかが溶けるような音と共に、彼女の姿は消えてしまった。

裕太は怖くて由紀の顔を見ることはできなかった。美奈子が消えるところを見ていた由紀は、どんな表情をしていたのか？　いや、考えるのはやめよう。今、考えるのは自分たちのこれからのことだけ。それだけを考えればいい……。

ほどなくして、床の傾斜は元に戻り、壁は塞《ふさ》がった。

美奈子は裕太たちの前から消えた。もう永遠に戻ってくることはない。

どれくらい沈黙が続いているだろう。酸素タンクのタイマーは三時間を切っている。クイズの締め切りまであと二時間もない。だが、誰も口を開こうとしない。

裕太は状況を確認するように、部屋を見回した。丸山が床に倒れている。まだ生きてはいるが、意識は朦朧《もうろう》としているようだ。忠治は床に腰を下ろして考えこんでいる。由紀は今は閉まっているが、お仕置きの時に開いた壁を見ている。美奈子の姿はどこにもない。数分前まで、彼女はこの部屋にいた。裕太はあの時のことが、頭から離れなかった。恐怖に歪んだ美奈子の顔が脳裏に焼きついている。

由紀の選んだ方法は間違いとは言えない。あの状況でできることは限られていた。行動しなかったら、由紀は丸山と美奈子もろとも暗闇の穴に落ちていた。それは由紀の命だけではなく、裕太と忠治の死も意味する。検索に成功していない丸山が死ねば、それで一巻の終わりなのだ。

結果的に由紀の選択は正しかった。理屈では分かっているが、裕太は釈然としなかった。

「ぼくたちは、彼女に助けられたんだよ」

裕太がなにを考えているのか察したのか、忠治が声をかけてきた。

「あれしか、ぼくたちが助かる道はなかったんだよ」

忠治にそう言われて、裕太は小さく頷《うなず》く。

裕太は「氷壁の女」という由紀の異名を思い出し、思わず身を震わせた。

「そんな顔しないで」

不意に由紀から声をかけられ、裕太は心臓がドキリとした。

「私、後悔してないわよ」

「分かってる」

「あのままだったら、みんな死んでいた。それに、あの女は私の首を絞めようとしたのよ。なのに自分が危なくなったら、しがみついてくるなんて……。もし、逆の立場だったら、私は自ら手を放していたわ。そうして、みんなを守った」

「誰も、君を責めてはいないよ」

忠治が助けに入る。少し前まで対立していた二人だが、今は団結しているようだ。

「ぼくも責めているわけじゃない。ただ……、驚いただけ……」

「このことは、忘れよう」忠治は明るい声で言った。

忘れられるわけはない。あの時の美奈子の恐怖に歪んだ顔は、これから毎晩悪夢に見そうだ。

「これで、失敗はできなくなったわね。残り二回の検索で、二人の答えを出さないとならないわ」

由紀の声が、裕太には虚《むな》しく響いた。もう検索項目を考える気力は失《う》せてしまった。どんなに頑張っても、自分たちは助からないような気分になっている。

裕太は、酸素タンクに取りつけられたタイマーを見た。

2:35
クイズの締め切りまであと約一時間半、このまま答えが出ない時は……。

答えは――死。

どうせ死ぬのだとしたら、苦しまずに死を迎えたい。このままなにも起きなかったら、二時間三十分後に酸素がなくなる。酸欠で死ぬのは苦しいのだろうか……。苦しいのなら、壁に体当たりして、電流で感電死しようか。しかし、人が死ぬほど強い電流が流れているだろうか。

「どうすればいいの、どうにかしないと、どうにかしないと……」由紀のつぶやきが聞こえる。

裕太が視線を上げると、由紀がぶつぶつ言いながら、部屋の中をうろうろと歩いている。

「うろうろしないで」美奈子がいたらそんなことを言っただろうか。知り合ってから数時間のつき合いなのに、美奈子のことが色々と思い出されて仕方ない。

由紀はまだふらふらと歩いている。裕太はなんとなく由紀の姿を目で追った。その時、由紀は凹凸のない床にもかかわらず躓《つまず》き転んだ。

「あっ！」

裕太は思わず声を上げる。

それに気付いた由紀が裕太を睨《にら》む。裕太は視線を逸《そ》らして見ていない振りをした。冷静沈着に見える由紀だが、実は動揺しているのかもしれない。

「チャット・ルームでも見てみようかしら」

転んだことを誤魔化すように、由紀はパソコンに向かった。

裕太は由紀が転んだところを思い出し、含み笑いをした。由紀には悪いが、初めて彼女の隙を見たようで、愉快な気持ちだった。こんな状況で笑えるのが、自分でも不思議だった。

「嘘でしょう」由紀の頓狂《とんきょう》な声が聞こえてきた。

「なにがあったの？」

裕太がパソコンの前に行く。忠治もついてくる。

「どうしたの？」
「これ、見て」
由紀の視線の先を見る。
チャット・ルームに新しい書きこみがある。それを読んだ裕太の頭の中が混乱した。

Room4・はじめまして、ルーム4どえす。ぼくたちは五人の検索に成功したよ。

今まで書きこみをしてこなかったルーム4の書きこみ。五人の検索に成功したと書いてある。

Room4・あれ、もしかしてみんな死んじゃった？　生きている部屋があったら、返事してよ〜ん。さびしいよ〜ん。

この書きこみは、今までの他の部屋の書きこみとは、明らかに違う。まるで、遊んでいるようだ。ルーム4は楽しんでいるのか、それともお仕置きで、頭がおかしくなったのだろうか。
「用心した方がいいよ」裕太が言う。

「この部屋に来て、用心しなかったことなんて、一秒もないわ」

「ほかの部屋は、まだ気付いていないのかな」

忠治が口を挟む。

「私たちと同じだと思う。様子を見ているんだわ。まぁ、生きていたらの話だけどね」

その言葉、由紀が言うと背筋が冷たくなる。


Room4・まだ、ルーム2以外は生きていると思うけど、どうかな????

Room4・みんな慎重だね。まぁ、色々とあったから、慎重になるのは当たり前か。だけど、信用していいんだよ。さぁ、ママに甘えなさい。

Room4・あ〜、退屈だ。退屈だよ。誰か、遊んでよ。

Room4・こうなったら、秘密を話しちゃうぞ。ルーム2が出したクイズの答えを発表します。二代目007がやったことは「結婚」です。検索項目は「既婚」か「未婚」です。


裕太たちの目が点になる。ルーム4は本当に五人の検索に成功しているかもしれない。

「どうするの?」

「もう少しよ。もう少し様子を見るの」

裕太たちの視線は、モニタに釘付《くぎづ》けになっている。


Room4・まとめ。検索に成功していない者は注目。五つの検索項目は結構いい加減です。ただ、決まったキーワードの人物が二人います。このキーワードを見つけるのは、ちょい大変。

Room1・今、チャット・ルームを開いた。本当に五人の検索に成功したの？

Room4・それって意味ないんだよね。

Room1・どういうこと？

Room4・今、チャット・ルームを開いたってこと。意味ないよ。

Room1・ルーム4は、五人の検索が成功したって本当ですか？

Room4・嘘は言わないよ。なんなら検索項目、全部書こうか？

Room1・教えてもらいたいね。


裕太たちはモニタに注目する。面白くなってきた。このままルーム4がルーム1の挑発に乗って、すべての検索項目を教えてくれたら、裕太たちがここから出られる可能性が高くなる。

Room4・一つ目は「生まれた年」。二つ目は「既婚」か「未婚」。三つ目は性別「男」か「女」。これらの検索項目はキーワードの人物以外なら、誰でもいい。で、キーワードの人物だね。芸人と背広を着た人間、この二人の検索項目は決まっている。芸人のキーワードは「名前」だ。問題は背広を着た人間だけど……。でも、これは書かない方がいいかな。

裕太は瞬《まばた》きもしないでモニタを見ていた。これを全部、信用してもいいのだろうか。まるで、試験中に解答用紙が回ってきたかのようだ。この書きこみが正しいとすれば、裕太の検索項目は「男」ということになるが……。

Room1・会社員の検索項目も教えてほしいね。
Room4・ルーム1は、知ってるんでしょう。
Room1・知らないよ。
Room4・ぼくたちは履歴を見ているんだよ。おかしな質問をしてただろう。

ルーム1からの書きこみは返ってこない。

Room4・あっ、だんまり。どうしようかな。誰もいないなら、退屈だな。時間まで寝ようかな。

じりじりした気持ちでモニタを見ていた由紀がようやくキーボードを叩《たた》いた。


Room3・信用していいんですか？

Room4・オタク的にはｷﾀ━━━(゜∀゜)━━━ｯ!!　かな。会いたかったよ、愛すべきおバカさんたち。


書きこみを読んだ由紀の眉《まゆ》が上がる。

「感情的にならないでね」

心配になった裕太がなだめる。

「大丈夫よ。こんな挑発くらい……慣れたわ」

由紀は大きく深呼吸をするとパソコンに向かった。

Room3・助けてほしいんです。検索項目を教えてほしい。

Room4・それじゃ、さっきの続きを書こうか？

Room3・お願いします。

Room4・お願いされます。背広を着た人間の検索項目は……。

Room1・本当に教えるつもり。

Room4・教えるよ。ゲームは大人数の方が楽しい。

Room1・いいの？　本当に教えるつもり？


由紀も裕太も忠治も、苛々《いらいら》しながらルーム4の書きこみを待った。


Room4・ルーム1、邪魔するな。自分の首を絞めるだけだよ。分かってるのかな？

Room1・どういう意味だ？

Room4・ほかの部屋が全滅したら、ゲームは成立しない。ノーゲームの時はどうなると思う……。マスターはこう書いていた——無事に帰るには、ゲームに勝つしかない。ノーゲームは、勝ったうちに入らない。ルーム2が脱落して、ルーム5の消息も不明。ルーム3には生き残ってもらわないと、困る。

Room1・つまり鴨か。

Room4・クイズの後のゲームは想像がつくだろう。ルールは分からないが、弱者は必要だ。ルーム3は大事なお客様だ。

Room1・分かった。

Room4・ルーム3、何人成功した？

書きこみを読んでいた由紀の肩がかすかに震えている。怒りを無理に抑えているのだろう。ルーム4が助け船を出してきたのは親切からではなかった。自分たちが助かるために、この部屋を餌食《えじき》にしようと考えているのだ。

「代わるよ」

裕太はそう言って、由紀をパソコンの前から押し出した。プライドの高い由紀には、ルーム4からの屈辱は、耐えがたいものだったようで、顔色が失われている。

パソコンに向かった裕太は口惜《くや》しい気持ちはあったが、それよりも検索項目を知りたいという気持ちの方が強かった。

Room3・成功は三人。検索項目は「生まれた年」「名前」「未婚」。

Room4・お前は、誰？

Room3・映画学校の学生。

Room4・検索に成功した？

Room3・してない。残りの検索回数は二回で、残っているのはぼくと会社員の二人。

Room4・もうミスは許されないわけだ。スリルとサスペンスだね。ヒッチコックの映画みたい。「死刑台のエレベーター」だね。

Room3・それは、ルイ・マルだよ。

Room4・ジョークだよ。ジョークでビョークで、「ダンサー・イン・ザ・ダ――ク」

Room3・検索項目を教えてほしい。

Room4・お前さんの検索項目は「男」だよ。

Room3・会社員の検索項目は？

Room4・後で教えてあげる。まずは、あんたが検索するんだ。


裕太は振り向き、由紀を見る。

由紀が頷《うなず》く。

「信用できるのかな？」忠治が不安そうな顔で言う。

罠《わな》ということも考えられる。今まで、何度も騙《だま》したり、騙されたりした。ルーム4の書きこみは信憑性《しんぴょうせい》があるように思えるが、確信は持てない。

「どう思う？」

もう一度、由紀を見る。

「信用してみるしかないわ」

「そうだよね」

由紀と裕太の意見を聞いて、忠治は小さく頷いた。

もし、ルーム4とルーム1が裕太たちを騙そうとしているのなら、偽の情報は裕太の検索ではなく、次の丸山の検索だろう。その方が精神的に痛手になる。ルーム4は、裕太たちを苦しめて楽しんでいるところがある。どうせ苦しめるなら、痛手の大きい方を選択するはずだ。そう考えた場合、裕太の検索は成功させておいて、次で騙す方が痛手は倍増する。検索項目は「男」で間違いない。

裕太はチャット画面から検索画面に切り替えた。

「いいよね」

一応、由紀と忠治に確認する。

丸山はまだ意識はあるようだが、返事をする力は残っていないようだ。

裕太は、検索項目に「男」と入力する。

気がつくと背中にびっしょり汗をかいている。検索をクリックすれば、結果が出る。今なら、まだ検索項目を変更できる。しかし、他に思いつく項目はない。

裕太は検索をクリックする。

間がある。

九回目の検索、九回目の間。この検索が失敗だったら、今までの苦労はすべて水の泡になる。

その思いは裕太だけではない。由紀も、そして数時間前まで、自分は死んだと言っていた忠治も同じ思いだ。

カッパのキャラクターがモニタの中央に現れる。

モニタに文字が映る。


おめでとう、成功だよ。首の皮一枚、残ったね。それじゃ、検索結果だよ。

画面が検索結果に切り替わる。

「男」の検索結果です。
①ぼくたち男の子　②男おいどん　③男一匹ガキ大将　④男樹　⑤男組　⑥男どアホウ甲子園　⑦男と女のSE・TSU・NA　⑧男の自画像　⑨魁《さきがけ》!!男塾　⑩花男　⑪花より男子《だんご》　⑫おれは男だ！　⑬天─天和《テンホー》通りの快男児

「なに、これ?」

横から覗《のぞ》きこんでいた忠治が言う。

裕太は①から⑬まで、ゆっくりと目を通す。

「コミックのタイトルだ」

すべてを知っているわけではないが、漫画はよく読む。古い漫画が多いようだが、漫画喫茶で読んだものもある。

「また十三よ。選択肢が十三あるわ」

由紀の言うように、選択肢は十三ある。やはりこの十三という数に、なにか意味があるのかもしれない。

「どれを選んだらいい？」

裕太が訊《き》くが、由紀も忠治も首を捻《ひね》るだけだ。

「適当に選ぶよ」

裕太は③の「男一匹ガキ大将」というレトロな漫画を選んだ。

画面に「男一匹ガキ大将」の解説が映る。そして、解説が終わると検索画面に戻り、裕太の顔写真のあったところに数字の「3」が書きこまれている。

ルーム4の書きこみは嘘ではなかった。検索に成功しても、裕太は嬉《うれ》しくなかった。書きこみが正しかったということは、ルーム4の言っていたことが事実だということだ。それは、この後のゲームで、裕太たちが負けることを意味するのだ。

2:00~1:00

1:00~0:00

酸素の残りは二時間、クイズの締め切りまで一時間。検索回数はあと一回で、丸山の検索がまだ残っている。

裕太は床に横たわっている丸山に視線を向けた。丸山の淀《よど》んだ目が宙を彷徨《さまよ》っている。

「危ないんじゃない」

由紀も同じことを思ったようで、声をかけてきた。刹那《せつな》、裕太は身を引いた。

「私のことが怖い?」

「いや、急に声をかけられたから……」

裕太はそう言って誤魔化したが、正直なところ由紀が怖かった。

「丸山さんが亡くなったら、今までの苦労が水の泡よ」由紀は用件だけを言った。

「チャットで訊いてみるよ」

美奈子のことがあってから、裕太はまともに由紀の顔が見られない。

ルーム4が、次も本当のことを教えてくれるとは限らない。それに、この部屋のことを罵《のの》り、挑発するような書きこみをしてくるのは必至だ。彼らは人をからかうことを楽しんでいる節がある。しかし、そんなことを気にしている場合ではない。背に腹はかえられない。

黒澤明《くろさわあきら》の「七人の侍」で、村を守るために雇った侍に、娘がたぶらかされるのではないかと心配する村人がいる。長老は村人に「首が飛ぶっぅのに髭《ひげ》の心配をしてどうすっだ！」と怒る。

今は髭の心配をしている時ではない。裕太はキーボードを叩《たた》いた。


Room3・検索は「男」で成功しました。取りあえず、お礼を言います。ありがとう。

Room4・礼には及ばない。君たちが死んだら、困るのはぼくたちだ。貴重な餌なんだ。

Room3・それなら、食糧危機がくるかもしれないよ。

Room4・どういうことだ？

Room3・この部屋には重傷者がいる。会社員だ。まだ、検索に成功してない。

Room4・その男は重要人物だ。危ないのか？

Room3・いつ、死んでもおかしくない。

Room4・それじゃ、最後の一つの検索項目を教えようか？

Room3・教えてほしい。

Room4・その前に少し雑談をしよう。ぼくたちは、どうして簡単に検索に成功したと思う？

Room3・雑談する時間はない。

Room4・まぁ、聞け。

Room3・会社員が死んだら、ぼくたちは終わりだ。

Room4・心臓が止まったら、電流の流れている壁に押しつけるんだ。電気ショックで生き返る。

Room3・それは嘘だろう。医学の知識はないけど、それくらいは分かる。

Room4・ジョークを楽しむ余裕もないのかな……。

Room3・ない。

Room4・面白くない。会話をして、遊ぼうよ。

Room3・そんな時間はない。教えてくれ！

Room4・それが人に頼む態度かな。

Room3・頼む。教えてくれ。君たちだって、この部屋の人間がいなくなるのは困るだろう。

Room4・あっ、強気に出たね。嫌な感じ。

Room3・教えてくれ！

Room4・君たちが死んだって、全然痛くないんだよ。ほかの部屋とゲームをすればいいだけだ。

Room3・本当にそれでいいの？

Room4・気が変わった。ルーム3、態度悪い。交渉打ち切り。


「しまった！」

裕太は強気に出て、ルーム4の機嫌を損ねてしまった。

チャット・ルームの動きがなくなった。ルーム1も書きこみをしてこない。

「雑談につき合いましょう」

横から由紀が声をかける。

裕太は小さく頷《うなず》くと再びチャット・ルームに書きこみをする。

Room3・雑談につき合うよ。

ルーム4からの書きこみは返ってこない。

もう一度書きこみをしようか、裕太は悩む。書きこむとしたら、なんと書けばいいのだろう。「私が悪かった。謝ります。だから、どうか助けてください」と、詫《わ》びを入れるのがいいのだろうか。相手が見えないとはいえ、悪くもないのに謝るのは、いい気分ではない。

「検索項目、まだ分からないの」

切羽詰まった忠治の声が聞こえてくる。

裕太が振り向くと、忠治が丸山につき添っている。

「もう少し待って」答えたのは由紀だ。

裕太は視線をモニタに移した。

ルーム４の書きこみがある。

Room4・ぼくたちは暇してたんだ。話し相手がほしいんだよ。それに、この雑談は有意義だよ。

Room3・そう願う。

Room4・検索項目はいい加減だ。ぼくたちをここに閉じこめた目的は、クイズにあらず。

Room3・それじゃ、なに？

Room4・目的はこのあとのゲームだよ。まぁ、君たちがそこまで進めたらの話だけどね。

Room3・進ませてくれる気はあるの？

Room4・もちろん。さっき、書き忘れたけど検索項目がいい加減というのは、キーワードのない三人のことね。芸人と背広を着た人間には、確定したキーワードがあるよ。

Room3・芸人は名前だ。検索に成功した。

Room4・猿でも分かる答えだ。ところで、ルーム3はこのあとに始まるゲームがなにか分かるかな？

Room3・その前のクイズが解けない。

Room4・検索はあと一人だろう、焦るな。時間は四十分以上ある。


焦るなと言われると余計に焦ってしまう。時間は四十分あっても、丸山が死ねば終わりだ。

裕太は唇を噛《か》んだ。この部屋に閉じこめられてから、口惜《くや》しいことの連続だ。まるで、自分が無力だと証明するために、閉じこめられたような気さえする。


Room4・実は背広を着た人間の検索項目が、一番重要だ。しかも難しい。

Room1・それくらいで、やめた方がいいよ。

ルーム4の書きこみに見かねたのか、ルーム1が書きこみをしてきた。


Room4・肝心なことは言わないよ。ぼくたちは、馬鹿じゃない。

Room1・油断禁物だ。答えが分かると、ルーム3にも逆転の可能性がある。

Room4・ルーム1、筆をすべらせたね。君たちは、背広の検索で逆転される程度か。


ルーム1からの返事はない。


Room3・ルーム1からの返事がないみたいだから、話題をぼくたちに戻してもいいかな。

Room4・そうしよう。ぼくたちがこの後のゲームが何かということに気付いたのは、運が良かっただけだ。偶然、会社員の検索項目を見つけたんだ。

Room3・どうやって？

Room4・会社員を最初の検索者に選んだ。一回目の検索の後に、E・Tがなんと言ったか？


「E・T?」

裕太はルーム4の書きこみの中の「E・T」という言葉が引っかかった。検索の後に現れるキャラクターのことを言っているのだと思うが、この部屋は「カッパ」だ。ルーム2は鬼のキャラクターだったと思う。


Room4・もしかして、E・Tの言葉を忘れた？

Room3・この部屋はカッパだった。

Room4・そうか、カッパか。キャラクターは部屋によって違うようだね。

Room3・意味があるのかな？

Room4・話を元に戻そう。一回目の検索のあと、カッパはなんと言っていた？

Room3・空くじなし。

Room4・その通り。ぼくたちは一番難しい会社員の検索項目を教えてもらった。その検索項目をどの段階で知るかで、この後のゲームの勝敗に大きく影響してくる。

Room3・ぼくたちは最後だ。

Room4・それは、実に不運なことだよ。一番、条件が厳しい。

Room1・そろそろ、検索項目を教えた方がいいよ。ぼくたちもゲームの想像がつく。

Room4・ルーム1、戻ってきたね。ぼくたちがなにを話すか、怖いのかな。

Room1・怖いよ。

Room4・正直でよろしい。ルーム1のキャラクターはもしかして、パンダ？

Room1・どうして分かった？

Room4・さぁ、そろそろ、背広を着た人間の検索項目を教えようかな。

Room3・待ってたよ。

Room1・ルーム4、キャラクターに意味があるのか？

Room4・この話題を追及すると墓穴を掘るよ。

Room1・それは最善じゃない。キャラクターの話はここまでにしよう。

Room4・今はルーム3のことだけ考えてあげよう。

Room3・ありがとう。

Room4・背広を着た人間の検索項目だけど「サラリーマン」だったかな……。

Room3・本当に「サラリーマン」でいいの？

Room4・いいよ。

Room1・嘘だ！　ルーム3、騙《だま》されるな。

Room3・ルーム1、そんなことを言うなら本当の検索項目を教えてほしい。

Room1・検索項目は「スーツ」だ。

Room3・スーツ？

Room1・前に会社員は背広姿か、訊《き》いただろう。スーツの人物がいるか、知りたかったからだ。

Room4・あ〜、またルーム3がルーム1に騙されようとしている。

Room1・今度は嘘じゃない。ぼくたちを信じてほしい。「スーツ」で検索をするんだ。

Room4・騙されるんじゃないよ。信じられるのはどっちかな？

裕太は書きこみを何度も読み直す。丸山の検索項目は「サラリーマン」か、それとも「スーツ」だろうか。ルーム1とルーム4のどちらかが嘘を言っている。いや、両方とも嘘の可能性もある。

「どう思う？」

困り果てた裕太は振り向いて、由紀に意見を求めた。

「ダメ、分からないわ」

「そうか……」

裕太は視線をモニタに戻す。

Room1・ルーム3、これだけは信じてほしい。会社員の検索項目は「スーツ」だ。

Room3・ぼくたちは何度も騙されてきたから、すぐには信じられない。

Room4・ぼくたちは騙してないよ。

Room3・一度は本当のことを教えてくれた。でも、二回目もそうとは限らない。

Room4・あ～、疑《うたぐ》り深いな。これも全部、ルーム1のせいだな。

Room1・この後のゲームで、ぼくたちはルーム4には勝てないだろう。だから、ルーム3には残ってほしい。嘘は言わない。

Room3・餌ということ？

Room1・それだけじゃない。この検索に成功したら分かるはずだ。この後のゲームがなにか考えると、早い段階で「背広を着た人間」の検索項目を知った部屋は有利なんだ。

Room3・「スーツ」が正解だという根拠はある？

Room1・その会社員、背広を着てるんだろう。だから、スーツだよ。

Room4・ルーム1、必死だね。嘘ついてるんじゃないの。

Room1・ルーム3、信じるんだ。

Room4・そういえば、君たちは音楽を聴いた？

Room3・音楽？

Room4・検索の成功のご褒美に、十三曲の中から選択できただろう。

Room3・思い出した。聴いたよ。

Room4・なんという曲だった？

Room3・それは秘密だ。
Room4・ケチだな。この部屋はクイーンの「ボヘミアン・ラプソディ」だった。

ルーム4に曲名を言われて、裕太は思い出した。美奈子の検索に成功したご褒美の曲の選択肢の中に、クイーンの「ボヘミアン・ラプソディ」があった。

「あれ？」

「どうしたの？」由紀が訊く。

「数字が入ってない。クイーンの『ボヘミアン・ラプソディ』の中に、数字が入ってない」

「本当ね」

しかし、そのことをゆっくり考えている時間はなかった。ルーム1が書きこみをしてきた。

Room1・ルーム4、頼むからやめてくれ。ルーム3、検索項目は「スーツ」だ。間違いない。「スーツ」で検索するんだ。
Room3・信じていいのか？
Room1・「スーツ」で検索するんだ。残り時間は少ないぞ。

Room4・ルーム1、それじゃ「スーツ」の意味はなにか教えてあげたら。

Room1・背広だ。

Room4・それだけ？


裕太は書きこみを読みながら、頭を捻《ひね》る。この中に、謎を解くヒントが隠されているはずだ。検索項目が「サラリーマン」か「スーツ」か、それ以外なのか見極めなければならない。


「大変だよ！」

忠治の叫び声が後ろから聞こえてきて、裕太と由紀は振り向いた。

丸山の様子を見ていた忠治が泣きそうな顔をしている。

「どうしたの？」由紀が言う。

「駄目みたい」

チャットに夢中になっていて、丸山の容体を見ていなかった。

裕太と由紀は急いで丸山に駆け寄る。

丸山は呼吸をしていない。

「死んじゃったよ」

裕太は丸山の胸に耳を当てる。心臓の鼓動は、聞こえない。

「どう?」

裕太はゆっくりと首を横に振った。

「壁にぶつけてみる?」

「いや」

裕太はそう言うとパソコンの前に戻り、モニタをチャット画面から検索画面に切り替える。丸山の写真はそのままで、まだゲーム・オーバーは告げられていない。

裕太は丸山の前に戻ると、その体を抱きあげた。

「なにをするつもり?」

「検索させるんだ」

「どうやって、もう死んでるのよ」

「やれるだけやってみるよ」

そう言うと裕太は丸山を抱えて、パソコンの前に立った。そして、丸山の手を握るとその指でキーボードを打った。

検索項目に文字が打ちこまれる。

「検索できる」

死体を抱えるなんて気味の悪いことは一生経験したくないが、今はそんなことを言っている場合じゃない。それに、もしかすると自分もすぐに死体になるかもしれない。

「検索項目は分かったの？」

忠治が間の抜けたような声で訊《き》いた。

「もう決めてある」

「サラリーマン？」由紀が訊く。

「スーツだよ」

「ルーム1を信用するの？」

「書きこみで、会社員は『背広』かしつこく訊いていただろう。答えは『スーツ』だ」

「でも……」

「もう時間がない。いつまで検索ができるか、分からない。ここは賭《か》けに出よう」

「間違えていたら、どうするの！」由紀がヒステリックに言う。

裕太はその声を無視して、検索欄に「スーツ」と打ちこんだ。自分がこんなに決断力があるなんて初めて気がついた。この検索に失敗したら、終わりだ。しかし、迷っている時間はない。

「小野寺君！」

由紀の声に迷わず、裕太は「検索」をクリックした。

一瞬の間がある。

由紀の顔が視界の端に入る。丸山と変わらないくらい蒼白《そうはく》な顔をしている。

長い間がある。

「どうなってるんだ！」

緊張に耐えきれずに忠治が声を上げる。

次の瞬間、モニタにカッパのキャラクターが現れた。


おめでとう、検索成功。間一髪だよ、危なかったね。

そのおじさん、まだ辛うじて生きてるよ。といっても、あと何分、何秒の命か……。

早くした方がいいかもね。まずは好きな番号を選んで。


モニタに数字の1から13が並ぶ。

この数にどんな意味があるのだろう。裕太はチャットのやり取りを思い出した。あの中になにかヒントが隠されているように思えるが……。

ルーム1は、裕太たちにまだ逆転のチャンスがあるようなことを書いていた。自分たちが今どういう状況なのかは分からないが、この選択次第では、この後のゲームに勝てるかもしれないのだ。

十三の選択肢、スーツ、カッパ、E・T……、これらになにか関連があるのだろうか。

「分かったわ」

叫んだのは由紀だった。

「ルーム4の選んだ曲、クイーンの『ボヘミアン・ラプソディ』に数字は入ってないけど、数字の代わりになるものがあるわ。クイーンよ」

「クイーン」

裕太の頭が急回転してある物を思い出させた。十三の選択肢、その中のクイーン。

「トランプか」

「私たちは五枚のトランプに見立てられているのよ」

「五枚のトランプのゲーム……？」と忠治。

裕太の頭にポーカーが浮かぶ。

その時、モニタの数字が消え、またカッパのキャラクターが現れる。

よくここまで頑張ったね。でも、おじさんの生命反応が消えた。
残念だけど、数字を選ぶところまでいかないと検索成功したとは言えないんだ。
ぬか喜びさせちゃったね。でも
—— GAME OVER ——

裕太の目にモニタの無情な文が映る。

なんということだ。ここまできて、これで終わりなのか？

「どうしたの？」

由紀に訊かれ、裕太は黙って視線をモニタに向けた。

モニタを見た由紀が「あっ！」と短く叫んだ。忠治は放心状態で立ち尽くしている。

モニタに映った――GAME OVER――という文字。

「お、終わりなの？」由紀がぽつりと言う。

裕太は答えられない。

五人の検索は成功した。時間もまだ少し残っている。それなのに、終わりだというのか……。

死のような静寂が部屋を呑《の》みこんだ。

意外なほど呆気《あっけ》ない終わり。

このまま無意味に死の瞬間を待たなければならないのだろうか……。

「こ、こんなの嫌……。こんなの絶対に嫌……」由紀が呆然《ぼうぜん》とモニタを覗《のぞ》きこんでいる。

裕太は絶望と同時に一種の安堵《あんど》感を覚えていた。これで死を待つだけ。もう苦しまなくてもいいのかもしれない。少なくとも、誰かが誰かを殺すところは見なくてすむ。緊張の糸が切れた裕太は、抱えていた丸山の死体を床に落とした。

終わった。すべてが、終わった……。

「まだよ……」

由紀の声が地獄から響くように聞こえてきた。

「えっ？」

「まだ、終わってないわ」

まるで風船に空気が入るように、由紀の体に力が戻るのが分かった。

裕太がモニタを見ると、カッパのキャラクターが笑っている。

おじさん、生き返ったみたい。でも、そう長くはないと思うよ。

丸山の心臓がどうなっているかは分からないが、床に落ちたショックで生き返ったらしい。

「数字を選ばせて！」由紀が言う。

裕太は無我夢中で丸山の体を抱き上げ、キーボードに向かわせる。

「しまった！」

丸山の指がキーボードに当たってしまう。モニタはいつの間にか、選択画面に切り替わっている。意識不明の丸山の触れたキーは「7」だった。

画面が切り替わり「スーツを選択してください」と出て、モニタに「♠、♣、♥、◆」が映る。

スーツとはおそらくカードの種類だろう。これをマウスで選択すればいいのだ。このあとに行われるゲームがポーカーだとしたら、カードの種類を統一すれば、最低でもフラッシュにはできる。

裕太が丸山の指を動かそうとした刹那《せつな》、丸山の体がキーボードの上に崩れ落ちる。

「あっ!」

どこをどう押したのかは分からないが、また画面が切り替わる。最初は五人の写真が映っていたところがトランプのカードに変わる。

裕太の「3」は「♣3」

由紀の「5」は「♣5」

忠治の「W・C」は「♥3」

丸山の「7」は「♠7」

美奈子の「For Positive Music」は「◆4」に変わった。

数字はそれぞれが選択したものだが、カードの種類は丸山がキーボードに崩れ落ちて押してしまったようだ。しかし、分からないことが一つある。忠治の「W・C」がどうして「♥3」になったのだろう。この「3」だけは、本人が選択したものではない。現状は変わらないかもしれないが、裕太はそれが気になった。

モニタの中央にまたカッパのキャラクターが現れた。

よくここまで頑張ったね。今度こそ、おじさんの生命反応が消えた。

ご愁傷様

簡単な解説をしてあげる。スーツという言葉には、背広のほかにカードの種類という意味があるんだ。スペード、クラブ、ハート、ダイヤということだね。まぁ、これは分かったよね。

なんと、この難関なクイズに、五組中四組が成功しました。それから、みんなも知っていると思うけど、ルーム2は脱落しました。

ご愁傷様

でも、酸素ボンベを爆発させて脱出しようなんて、奇抜な発想には感激しました。ゲームが始まるまで、まだ少し時間があるので、それまで休憩していてください。それから、チャット・ルームは、クイズの締め切り時間までは開けておきます。このクイズって、五つの部屋が助け合ったら、結構簡単なんだよね。でも、騙《だま》し合いしたりするんだよね人間って……。覗き見させてもらって、とても楽しめた。それじゃ、また後でね。

裕太は体の力が抜けて、床に座りこんだ。助かったのだ。いや、助かったというのはまだ早い。ゲームに勝たなければ、ここから出られないのだ。

「ゲームがなにか、分かったよ」裕太は静かに言った。

「ポーカーでしょう」

由紀が即答する。

「どうして、分かったの？」

「五枚のカードを使ったゲームって、ポーカーしか知らないの」

「そうか……」

「小野寺君は、どうして分かったの？」

「キャラクターだよ。ルーム1はパンダ、ルーム2は鬼、この部屋はカッパ、ルーム4はE・T。ルーム5は分からないけど、ラッコとかラドンあたりだろう」

「それのどこがポーカーなの？」

「キャラクターをローマ字で書いた頭文字だよ。パンダのP、鬼のO、カッパのK、E・TのE、ルーム5は不明だけど、ラドンならR。合わせるとPOKERだ」

「そう……」

由紀はそっけなく言った。偉そうに解説した裕太だが、こんなことが分かっても、今さらどうにもならない。

会話はそこで途切れて、沈黙が訪れた。

裕太は酸素タンクに取りつけられたタイマーを見た。

1:13

クイズの締め切りまで、少し余裕があったようだ。

丸山の死体が床に転がっている。


裕太は丸山の遺体を部屋の隅に運んだ。

人は人の死体を見ると嫌な気分になる。それは本能的に、脳が死体を拒否しているからだという。ああいうふうにはなりたくないが、人間はいずれは死んで死体になる。しかし、脳はそれを認めたくないのだ。

「分かったわよ」

床に座り考えこんでいた由紀が、唐突に声をかけてきた。

「分かったって、なにが?」

「W・Cがどうして、ハートの3になったのかがよ」

そう言うと、由紀は持論を話し始めた。

「WとCを分けて考えるの。Wはカードの種類で、Cは数字なの。まず、簡単な数字の方から考えると、Cはアルファベットの三番目だから、数字は3。次にカードの種類だけど、これもアルファベットをAから順にスペード、クラブ、ハート、ダイヤにして、五番目のEはスペードに戻るの。このやり方で考えると、Wはアルファベットの二十三番目でハートになるの。だから、W・Cはハートの3」

「その法則だとまんだんさんだけは、最初からカードが決まっていたことになるね」

裕太は思いついた疑問を口にした。

「そうよ。それがどうしたの?」

「もし、犯人がぼくたちをカードに見立ててカード・ゲームをやろうとしているのなら、最初から決まったカードを設定するのはおかしくないかな」

「私たちをここに閉じこめた連中は、頭がおかしいのよ。常識的な考え方は通じないわ」

由紀はそう言ったが、裕太はその意見には賛同できなかった。こんな常軌を逸することをやる人間のことはよく分からないが、そういう人こそ一般人には理解しがたい〝こだわり〟を持っているものではないだろうか。裕太たちをここに閉じこめた犯人は、すべての部屋に背広《スーツ》の人物と芸人を入れている。そして、五人中四人は検索に成功すると十三の選択肢から数字を選べるようにしている。それが、どうして一人だけ、最初から数字が決まっている人物を入れたのだろう。

裕太は考えたが、答えは見つからなかった。

裕太は映画学校のシナリオの講師の言葉を思い出していた。

「映画はシナリオが大切だ。それも、導入部。導入部で客を引きつけなければ、後半がいくら面白くなっても、客は映画を作ったスタッフを無能と決めつけ、真剣に観てくれない。それと、ラスト。クライマックスが盛り上がらない映画もNGだ。面白い映画を作ってもクライマックスの盛り上がりが足りなければ、観終わった後、満足感が残らない」

もし、この部屋のことをシナリオに書いたら、脚本を読んだプロデューサーはこう言うだろう。

「クイズの締め切りの後、少し間が空いているね」

裕太は酸素タンクに取りつけられたタイマーを見た。

0:37

クイズの締め切りからすでに二十三分たっている。その間、チャット・ルームが使えなくなったこと以外、特になにも起きていなかった。

マスターからのメールも来なければ、行われるはずのゲームの説明もない。もちろん、ゲームも行われていない。時間だけが刻々と過ぎ、残りの酸素を減らしているだけだ。

忠治は苛々《いらいら》と部屋の中を歩き回り、由紀はパソコンのモニタを睨《にら》んでいる。

このままなにも起きなかったら、裕太たちは窒息して死ぬことになる。

「どういうことよ」

沈黙に耐えかねて由紀が口にする。

「このまま、殺すつもりじゃないだろうな！」

ヒステリックに言ったのは忠治だ。

「なにか間違ったことをしたのかな？」

「してないと思うわ……」

裕太と由紀は顔を見合わせる。

この後、ゲームが始まっても裕太たちが生き残れる可能性はきわめて低い。それでも、蛇の生殺しは辛《つら》い。チャットが使えなくなったので、他の部屋の状況も分からない。騙し合いの場のようなチャット・ルームだったが、同じ境遇の人たちがいると分かるだけでも、心の支えになっていたのかもしれない。

忠治は両手を合わせて祈るようにしている。数時間前まで、自殺しようとしていた男とは、思えない仕草だ。もし、自殺志願者がいたらこの部屋に連れてくれれば、十二時間後には生きる喜びを実感して、帰っていくかもしれない。

パソコンから軽快なメロディーが流れる。

酸素タンクのタイマーは0:25を示している。中途半端な時間だ。裕太たちをここに閉じこめた犯人は、まるで気まぐれでゲームを進めているかのようだ。

裕太たちはモニタに注目した。

画面には、人を馬鹿にしたようなマスターの挨拶《あいさつ》とゲームの説明が映し出されている。

【主催者の挨拶】

いやー、待った？　ごめんね。夕食の時間だったんだ。みんなもゲームに勝ったら、無事にお家《うち》に帰れるからね。あっ、そんな悠長なことを言っている場合じゃなかったんだ。気がつくと、酸素の残りは三十分を切っているではないか。それじゃ、ゲームの説明をします。

【ゲームの説明】

みんなに戦ってもらうゲームは、ポーカー・ゲームだよ。クイズに答えた後、モニタの写真がトランプのカードになったから、おおよその想像はついただろう。それでは、ルールを説明します。
カードの強弱の順番は、Aが一番強くて、次がK、Q、J、10、9、8、7、6、5、4、3、2の順番です。普通はカードの種類では強弱はつけないんだけど、このゲームは「私がルール・ブックだ」ということで、後で面倒にならないように、カードの種類でも強弱をつけることにします。一番強いのはスペード、次がクラブ、ハート、ダイヤの順番にします。稀《まれ》に同じ手のことがあるかもしれません。その時はドロー。両者に死んでもらいます。
次にポーカー・ハンド（役）の順位です。
一番高いのはファイブ・オブ・ア・カインド（同数五枚揃い）
一例：「♠A」「♣A」「♥A」「◆A」「Wild Card」
次がロイヤル・ストレート・フラッシュ（同種最高順札）
一例：「♠A」「♠K」「♠Q」「♠J」「♠10」
次はストレート・フラッシュ（同種順札）
一例：「♠4」「♠5」「♠6」「♠7」「♠8」
以下順にフォー・カード（同数四枚揃い）
一例：「♠A」「♣A」「♥A」「◆A」「他」
フル・ハウス（ツー・スリー）

一例：「♠2」「♣2」「♠7」「♥7」「◆7」
フラッシュ（同種揃い）
一例：「♥5」「♥7」「♥8」「♥J」「♥K」
ストレート（順札）
一例：「♠3」「♣4」「♠5」「♥6」「◆7」
スリー・オブ・ア・カインド（同数三枚揃い）
一例：「♠7」「♥7」「◆7」「他」「他」
ツー・ペア（同数二組揃い）
一例：「♠2」「♣2」「♠5」「♥5」「他」
ワン・ペア（同数一組揃い）
一例：「♠7」「♥7」「他」「他」「他」

【勝敗】
①両チームがチェックして、手札を公開します。強い役のチームが、勝ちです。
②相手チームがフォウルドしたら、勝ちです。
③相手チームの生命反応がなくなったら、勝ちです。
【ノーリミットのルールにします】
この勝負はノーリミットゲームにします。レイズの回数は無制限です。それから、肝心なことを忘れていた。賭《か》けのチップは時間です。どういう意味かよく考えて、勝負してね。

【最後に】

親はなし。対戦は部屋対抗でやってもらいます。一回戦の二試合はルーム1対ルーム5、ルーム3対ルーム4です。

ルール説明はこれで終わり。あっ、もう時間がないね。二回戦までいけるかな……。

それじゃ、ゲーム開始。

裕太たちの予想は当たっていた。これは人間ポーカーだったのだ。パソコンのモニタが切り替わり、裕太たちのカードが表示される。

「♣3」「♥3」「◆4」「♣5」「♠7」

横に「レイズ」「フォウルド」「ハウ・セイ」「チェック」「ワイルド・カード」という文字。

裕太たちの役は3のワン・ペア。しかも、対戦相手はよりにもよってルーム4だ。

「ワン・ペアで勝てると思う?」

裕太は由紀の顔を見た。

由紀はそれには答えず、じっとモニタを見ている。

「無理だ。絶対、勝てないよ。なんだよ、こんなに苦しんで、結局は殺されるのかよ」忠治がそう言って床に座りこむ。

「小野寺君、ポーカーに詳しい？」

「いいや、それほど……」

「ポーカーって何枚かカード、交換できるはずよね」

「ドロー・ポーカーはそうだけど、配られた五枚のカードで勝負をするのもある」

「このゲームはどっちだと思う？」

「おそらく、交換しないタイプだ」

「どうして？」

「カードの横に書かれている言葉があるだろう」

「レイズとか、フォウルドとか？」

「ポーカー用語だよ。『レイズ』は賭け額を上げる。『フォウルド』はゲームを降りる。『ハウ・セイ』は早くしろっていう催促じゃないかな。『チェック』はもうこれ以上賭け額を上乗せしないということ」

「つまり勝負ということね」

「このゲームがドロー・ポーカーだとしたら、カードを交換する意味の『ドロー』という言葉があるはずだ。それがないということは交換はできないと思う」

「この役で勝負するしかないのね」

「ポーカー・ハンドだよ」

「え？」

「ポーカーの役のことをポーカー・ハンドっていうんだ。……そうか、それでルーム１は……」

裕太はチャットでルーム１が迂闊《うかつ》にした書きこみを思い出した。

「なに？」

「ルーム１がこの部屋には、まだ逆転の可能性があるって書きこみをしてただろう」

「ええ……」

「あの時にゲームが、ポーカーだと分かっていたら、もっと強い役にすることができたんだ。最低、フラッシュにできた」

「どうして？」

「最後のスーツで五枚全部、同じ種類のカードにすれば良かったんだよ。そうすれば、フラッシュの完成だ」

「……それは無理だったんじゃない？」

「どうして？」裕太が訊《き》き返す。

「まんだんさんのカードだけはイニシャルで決まったみたいよ」

「そうか、それもあったんだな」

「でも、ルーム1はそこまで考えが及ばなかったのかもしれないわね。もし、そうならルーム1の持ちカードは想像がつくわ」

「ぼくたちにフラッシュを出されたら困った。つまり、フラッシュより弱い役だ」

「ストレート、スリー・オブ・ア・カインド、ツー・ペア、ワン・ペアのどれかね」

「そんなこと、分かってどうなるの？」

床に座りこんでいる忠治が、口を尖《とが》らせて言う。

「この勝負に負けたら、ぼくたちは死ぬんだ。ルーム1がどういう役かは関係ない」

忠治の言う通りだ。ルーム4に勝たなければ、裕太たちは死ぬ。ほかの部屋がどういう役のカードを持っているかなんて関係ない。

裕太は酸素タンクのタイマーを見た。

0:13
酸素はあと十三分しか残っていない。

「これ、どうなってるのかしら」由紀の声を聞いて、裕太はモニタに視線を向けた。

「ハウ・セイ」の文字が点滅している。

「ルーム4が催促してるんだ」

「どうするの？」

『チェック』をクリックしたら、勝負でゲームは終了する」

「つまり、負けね」

「死ぬということだ」忠治が自棄《やけ》になって言う。

「どうすればいいの？」

人は絶体絶命の時になにを考えるか――。裕太は普段の自分なら思いもつかないようなことを口にした。

「嫌がらせをしよう」

「え？」

由紀は裕太の言葉が理解できなかったようだ。

「ルーム４は散々、ぼくたちをコケにした。だから、最後に命がけの嫌がらせをしてやるんだ」

「なにをやるの？」

モニタでは「ハウ・セイ」がうるさく点滅している。

「ゲームの説明を読んだだろう、チップは時間なんだよ。だから……」

裕太は「レイズ」をクリックした。「ハウ・セイ」のランプが消える。

「今、なにをしたの？」

「だからチップを上げたんだ」

「分かりやすく説明して」

由紀が苛々《いらいら》したような声を出した。

「ルーム4はどの部屋より早く、クイズの解答とゲームが分かったんだよ。それで、ゲームが始まるのを待っていた。こんな無意味なゲームは一秒でも早く終わらせて、ここから抜け出そうと思っているはずだ。それで、『ハウ・セイ』を押して、ぼくたちに『チェック』をさせ、勝負に勝って家に帰るつもりなんだ」

「それくらい分かるわ。それで、小野寺君はなにをしたの」

「だから、嫌がらせだよ」

そう言ったのは忠治だった。

「ぼくたちが『チェック』しないかぎり、勝負はつかない。『レイズ』を押せば、時間を引き延ばせる」裕太が補足する。

「でも、無駄な抵抗じゃない」

「そうだよ。この持ちカードじゃ、まず勝ち目はない。だから、少しでも相手を苦しめるしかない」

それを聞いて、由紀は眉《まゆ》をひそめる。

裕太は覚悟を決めていた。こうなったら、ルーム4と心中しよう。こっちが「チェック」をクリックしないかぎり、勝負は決まらない。チップが時間なら、酸素がなくなるまでだ。いくらでもチップを上げてやる。そうして、両部屋とも酸素がなくなって、死ぬことになっても後悔はしない。

裕太の覚悟が由紀と忠治にも伝わったのか、二人とも唖然《あぜん》としている。

また「ハウ・セイ」が点滅している。

裕太は性懲りもなく、「レイズ」をクリックした。由紀も忠治もそんな裕太を見守るだけだ。これは奇行なのかもしれない。裕太が「チェック」をクリックしたら、ルーム４の五人は助かるかもしれない。裕太のやっていることは自殺行為ではなく、明らかに殺人行為だ。それは分かっている。それでも、自分たちが犠牲になってルーム４の連中を助けるという自己犠牲の精神は持ち合わせていない。

「このまま死ぬの？」

由紀が訊くが、裕太は答えなかった。

裕太は死ぬことになったら、その前に、由紀に告白しようと考えていたが、いざそういう状況になると、なにも言えなかった。もしかすると、思いを寄せている女性に「好きです」と言うのは、死ぬことより勇気のいることなのかもしれない。

酸素タンクのタイマーが一分を切った。

0:59　0:58　0:57……。

不思議なことに酸素が薄くなった感覚はない。

「ハウ・セイ」が点滅している。

裕太はルーム4からの催促を無視して、ぼんやり由紀の横顔を見ていた。不意に誰かがぶつかってきて、裕太の体がパソコンの前から弾《はじ》き飛ばされた。

なんだ！

犯人は忠治だった。忠治はモニタを見ながら、必死に操作をしようとしている。

「勝負しても、勝てないよ」裕太が助言するが、忠治は聞く耳を持っていない。

その時、忠治の顎《あご》がぐらりと揺れた。

「？」

裕太の目の前で忠治の体が崩れ落ちる。最初は酸素がなくなって、死んだのかと思ったがそうではない。由紀のアッパー・カットが忠治にヒットしたのだ。まさか、こんな時に殴られると思っていなかった忠治は、呆気《あっけ》なくＫＯされて床でのびている。

「川瀬さん……」

「勝負はしないのよ。ルーム4と心中するんだから……」

裕太は嬉《うれ》しかった。食い違いばかりのデートだったが、最後にようやく気持ちが通じた。

裕太は酸素タンクのタイマーを見た。

酸素の残りは十秒を切っている。

9、8、7、6、5、4、3、2、1、0……。
酸素は0になったが、裕太も由紀も生きている。忠治はパソコンの前で倒れているが、死んではいないようだ。

「どうなってるの？」由紀が独り言のように言った。

「さぁ……」

なにも起きないということは、助かったのだろうか。それとも、すでに死んでいたのだろうか……。

「見て！」由紀がモニタを指差して、短く叫んだ。

「あっ……」

モニタに勝負の結果が表示されている。


第一試合・ルーム4のDEADにより、ルーム3の勝利。


「ルーム4が死んだ？」

裕太は狐につままれたような気分だった。頭の中が疑問符でいっぱいだ。

「……私たちはどうして生きてるの？」

ルーム4は酸素がなくなって死んだ。だから、生きている裕太たちの勝利なのだろう。

しかし、どうして裕太たちは生きているのだ。酸素は、もうないはずなのに……。

「もしかして……」

由紀が部屋の隅を見た。視線の先にあるのは、丸山の遺体。

「酸素は五人分の十二時間だったのよ」

「どういうこと?」

「この部屋は二人が死んだ。その二人分の酸素が少し残っているのよ」

裕太と由紀は顔を見合わせた。ルーム4は早い内にクイズの解答が分かり、誰も死ななかった。だから、勝負に負けた。

「これで、助かったのかな……」

裕太と由紀はもう一度、パソコンのモニタに視線を戻した。

決勝戦・ルーム1対ルーム3。

「簡単には、帰らせてくれないみたいね」

由紀の言葉には同意できない。たとえ、今すぐに帰れたとしても、簡単だとは言わないだろう。しかし、そんなことに異を唱えても意味はない。現実は、もう一試合あるのだ。

「どうして、ルーム1は残っているの?」

五つの部屋の条件はすべて同じはずだ。ということは、ルーム1も酸素がゼロになっている。それなのに生き残っているということは……。

「誰か死んでいるのね」

由紀の声が心に響いた。あのお仕置きで、咄嗟《とっさ》に美奈子を蹴《け》り落とした由紀の判断は、間違いではなかった。あれがなかったら、裕太たちは今こうして生きてはいないだろう。

「これが最後の勝負ね」

ルーム1は何人生き残っているのだろう……。こうなったら、どっちが死ぬか我慢比べをするだけだ。

酸素タンクのタイマーはゼロのまま動かない。十二時間からどれくらい過ぎたのだろう。残りの酸素はどれくらいあるのだろう……。なにも分からない。不安で押し潰《つぶ》されそうだ。

モニタの「ハウ・セイ」が点滅している。

ルーム1が「早く勝負しろ」と催促している。

「一人よ」

「なに？」

「ルーム1で死んだのは一人。それで、酸素がないのよ。あと少し我慢すれば、勝てるわ」

裕太は「レイズ」をクリックした。

ない。

「ハウ・セイ」のランプが消える。

裕太も由紀も口を開かなかった。こうなったら持久戦だ、少しでも酸素を無駄にしたくない。

時間がたつ。

まだモニタに結果は出ない。ルーム1はまだ生きている。

早く死んでくれ……。裕太はそう願ってからハッとなった。今まで本気で他人の死を望んだことなどない。自分はお人好《ひとよ》しな性格だと思っていた。実際、自分でも嫌になるくらい軟弱なところがある。それが、会ったこともないルーム1の人たちの死を本気で願うなんて……。自分の中にも、人並み以上のエゴや残虐性が潜んでいるのだ。

また「ハウ・セイ」のランプが点滅する。

「どうして、死なないの！」由紀が叫ぶ。

この部屋の酸素もそろそろなくなるはずだ。

「勝負をした方がいいのかな」

「3のワン・ペアで？」

そう言われると自信がない。裕太は視線をモニタに移す。何度見ても、持ちカードは同じだ。

「♣3」「♥3」「♦4」「♣5」「♠7」

「♥3」が「6」のカードなら、ストレートだった。それなら、勝ち目はあったかもしれない。ふとカードの横に表示されている言葉が気になった。「レイズ」「フォウルド」「ハウ・セイ」「チェック」「ワイルド・カード」。

何かが裕太にうったえかけるが、それがなにか分からない。

裕太の隣で由紀が動いた。

「川瀬さん……」

かがみこんだ由紀が、目の端で裕太を睨《にら》む。

「なにするつもり？」

「それ、言わせるの？」

「も、もしかして……」

「助かるためよ」

由紀の震えている両手が、床に倒れている忠治の首に伸びる。彼女は忠治を殺そうとしている。酸素の量は増やすことはできない。ということは、裕太たちにできることは、酸素を減らさないようにすること。その唯一の方法は、酸素を使っている者を減らすことだ。忠治が死ねば、酸素の使用量が三分の二になる。

「だ、駄目だよ……」

「どうして、二人が助かるためなのよ……」

「でも……」

目の前がぐらりと揺れ、裕太はその場に跪《ひざまず》いた。

「だ、大丈夫……？」

由紀の声がどこか遠くから聞こえるようだ。息苦しい……。そうか、酸素の量があと僅《わず》かなのだ。万事休す。これで、本当にお終《しま》いだ。

「い、嫌よ……」

由紀の声だ。

「こ、こ、こんなところで……し、し、死にたくない」

見ると由紀も床に手を突いている。

「もう……もう、勝ち目はないよ」

喋《しゃべ》るのも苦しいが、声に出す。

「あ、諦《あきら》めないわ……」

由紀が這《は》うようにして忠治の前に行く。彼女は最後まで諦めないようだ。忠治を殺して、残りの酸素で持久戦をするつもりなのだろう。

由紀の手が忠治の首に伸びる。

このままなにもしなかったら、もう一度、由紀が人を殺すのを見ることになる。それも、前の時とは大きく状況が違う。由紀が自ら、その手で人を絞め殺そうとしているのだ……。

息苦しい。呼吸が荒くなる。誰かが胸を押さえつけているようだ。

早くなんとかしないと……。

ルーム4は、丸山と忠治が重要人物だと言っていた。スーツを着ていた丸山はカードの種類《スーツ》を決める役割を持っていた。それじゃ、忠治にも役割があるのだろうか？　忠治だけが選択肢がなかった。最初から、決まったカードだった。どうしてだ？

それぞれの部屋に落語家やお笑いタレントがいたのは、どうしてだ？

忠治はどうして重要人物なんだ？

忠治の役割はなんだ？

どうして選択肢がなかったんだ？

どうして決まったカードだったんだ？

決まったカード……、決まっていた。最初から、決められたカードだった。選択肢はなかった。もしかして……。裕太の頭である言葉が浮かんだ。

「まさか……」

裕太は視線をモニタに戻した。

「そんなことが……」

モニタに、ゲーム進行には必要のない言葉が一つ書かれている。「レイズ」「フォウルド」「ハウ・セイ」「チェック」。残り一つ……どうして「ワイルド・カード」という言葉があるんだ。

横を見ると由紀が忠治の首に手をかけている。

「駄目だ！」裕太は力のかぎり叫んだ。

由紀は忠治の横に倒れる。どうやら、首を絞める力は残っていなかったようだ。

裕太は這うようにして、由紀の横へ行く。

「ち、力が、出ないの……」

由紀が泣きそうな声を出す。

裕太は小さく頷《うなず》いた。

「しょ……勝負すれば、勝てるかもしれない……」

「えっ？」

「まんだんさんだ……」

「まんだんさん？」

由紀が忠治の顔を覗《のぞ》きこむ。

「まんだんさんは、お笑いタレントだ」

「それが……なに？」

「五つの部屋、みんな同じ条件で、お笑いの人が入っている」

由紀が頷く。

「お笑いだよ。ジョークを言う人、まんだんさんはジョーカーなんだ。W・Cはイニシャルじゃない。ワイルド・カードだよ」

「えっ！」

　由紀がモニタを見る。

「♣3」「♥3」「◆4」「♣5」「♠7」とカードが並んでいる。

　裕太は大きく深呼吸してから、マウスを握った。忠治のカード「♥3」の上にポインタを動かす。すると、カードの色が変わった。

「やっぱり！　まんだんさんのカードは変更できるみたいだ。ワイルド・カードは暫定的に、一番弱い手持ちカードの数字に揃えられていただけなんだよ。スーツだってきっとランダムなんだ」

　忠治のカードは「♥3」、これを「♥6」に変えたらストレートになる。ルーム1がどんな役かは分からないが、ストレートなら勝つ見こみはある。

　かすみはじめた視界に目をこらし、「ワイルド・カード」にポインタを合わせてクリックする。しかし、なにも起こらない。

「どうして？」由紀が小さな声で言う。

「まんだんさんだ」

　裕太は気絶している忠治の横へ行き、その腕を自分の肩に載せた。

少し動くだけで心臓が爆発しそうになる。

く、苦しい……。今、倒れたらそのまま死ぬことになるだろう。

忠治の体が少し軽くなった。由紀が忠治の体を支えている。

礼を言いたかったが、酸素がもったいない。

裕太は後ろから忠治の手を持ち、「ワイルド・カード」をクリックした。「♥3」のカードが白紙になり、画面が変わる。


「♠」「♣」「♥」「◆」

「A」「2」「3」「4」「5」「6」「7」「8」「9」「10」「J」「Q」「K」

選択してください。


裕太は「♥」と「6」を選んだ。

持ちカードが、

「♣3」「♥3」「◆4」「♣5」「♠7」

から、

「♣3」「◆4」「♣5」「♥6」「♠7」

に変わる。ワン・ペアがストレートになった。

「い、い、ね……」

裕太は声にならないような声で言う。

由紀が頷く。

「チェック」をクリックする。

「これで勝負が決まる」

意識が遠くなる。隣にいた由紀が倒れる。忠治も床でぐったりしている。

このまま死んでしまうのか……。裕太は遠ざかる意識の中、最後にもう一度視線をモニタに移した。

モニタに「ＷＩＮ」という文字が映っている。

「か、勝ったのか……」

裕太の目の前が真っ白になった。

数時間後

どこからか下手なサックスの音が聞こえてくる。

裕太はその音で目を覚ました。最初に視界に飛びこんできたのは、青空だ。

空を見て、こんなに嬉《うれ》しかったのは初めてだ。

「助かったのか?」裕太がつぶやく。

空を遮るように顔を出したのは、由紀だった。

「小野寺君のおかげよ」

裕太は体を起こした。公園の芝生で寝ていたようだ。左肩を触ると、怪我をしたところに包帯が巻かれている。裕太たちをあの部屋に閉じこめた犯人が、治療してくれたのだろうか……。

「ここはどこ?」

「井《い》の頭《かしら》公園よ」

裕太は、そう答えた由紀の顔をどうしても直視できない。酸素がなくなったあの時、もし裕太が忠治をジョーカーだと気付かなかったら、由紀は美奈子に続き忠治も殺していたのだろうか……。裕太は視線を泳がせ、周りを見回した。サックスの練習をする人、犬を散歩させる人、学生、カップル、子供たち……、様々な人たちがいる。

「これ、見て」

由紀は平気な顔で、ポケットから携帯電話を出して見せた。

裕太もポケットをまさぐる。携帯電話や財布が入っている。財布の中も元のままのようだ。携帯電話の日付を見ると、映画を観た日から二日たっている。その内の十二時間は、あの部屋にいたのだ。

「これから、どうする？」由紀が訊《き》いてくる。

「部屋に帰るよ」

「そういうことじゃなくて、今回のこと、どうするつもり？」

「あの部屋のことを誰かに話すかってこと？」

裕太は由紀の顔を見ないで言った。

「警察に行くつもり？」

裕太は首を横に振った。

「多分、信用してくれないよ。行かない方がいいと思う」

「泣き寝入り？」

「あの部屋とは、もうかかわりたくないんだ。川瀬さんはどうするの？」

「私の考えは変わらない。犯人を捕まえる」

それは無理だと言いたかったが、やめた。裕太が、どんなに説得しても、由紀の考えは変わらないだろう。そういう性格なのだ。

「あの部屋のことで、色々と覚えていることがあるわ。まんだん忠治、建設会社に勤めている丸山一彦に部下の今井美奈子、それにルーム1にいた早稲田大学の学生。ルーム5に、しんたろうという芸人もいたわね。あの部屋自体も、犯人を見つける大きな手がかりよ。お仕置きの時の音やレーザービーム……。あんなの一般人が作れるとは思えない」

由紀はしっかりした口調で言う。

裕太はすべて忘れたかった。できることなら、由紀と出逢《であ》ったことも忘れたい。映画「エターナル・サンシャイン」のように、彼女の記憶を消したかった。

「小野寺君の選択は、泣き寝入りね？」

まるで念を押すように由紀が言う。裕太はそれには肯定も否定もしなかった。

「お別れね」

黙りこんだ裕太を見て、由紀はそう言って背を向けた。

「さようなら……」

裕太は小さくなる由紀の背中に向かってつぶやいた。これで一生、由紀とは会わないだろう。

由紀の姿が見えなくなると、裕太は芝生に大の字に倒れた。

「これですべてが、終わったんだ。……元の生活に戻れる」

風が心地よかった。やはり、人工で作られた空間より、自然がいい。できれば、もう部屋には入りたくない気分だ。その時、裕太の携帯電話が鳴った。携帯電話にメールが一通届いている。

「えっ？」

送信者：マスター

件名：最終結果

裕太は思わず起き上がり、恐る恐るメールを開いた。

最後の選択は正しい方を選んだよ。解放。

「最後の選択……解放」

携帯電話の画面を確認する。送り主の「マスター」は、裕太たちをあの部屋に閉じこめた犯人に間違いないだろう。メッセージに書かれた、最後の選択とはなにを意味しているのか？　思い当たるのは、由紀と話題にしていた「これから、どうするのか？」という選択。裕太は泣き寝入りを選び、由紀は犯人を捕まえる方を選んだ。裕太の選択が正しかったのなら、由紀の選択は間違いだ。選択ミスは——お仕置き——。

「川瀬さんが危ない！」

裕太は立ち上がると、急いで由紀を捜した。

公園を出た裕太の前を一台の車が猛スピードで通り過ぎる。車の後部座席に、何者かに押さえつけられた女性が乗っている。一瞬しか顔が見えなかったが、由紀のようだった。

「由紀……」

裕太はすぐに由紀の携帯に電話をかける。電話が繋《つな》がると「……お仕置き中、お仕置き中、お仕置き中……」と機械音のメッセージが流れる。

「どうなっているんだ。ぼくは、どうしたらいいんだ？」

優柔不断な男に戻った裕太は、その場に立ち尽くした——。

——了

解説

杉江松恋

人が幸せを築くには一生かかる。が、それを失うのは一瞬で済む。身を粉にして働いて邸《やしき》を建てても、棟上式で大工が落とした金槌《かなづち》で頭を打って死んでしまうかもしれない。それが人間の運命というものだ。だからミステリーなんて、人死にばかり出る物騒な小説を読む人がいるのでしょうね。他人の不幸は蜜《みつ》の味というから。

ここにも不幸になってしまう人々がいる。その数、五人。どんなお話か紹介しよう。

小野寺裕太は不快な眠りから目覚め、見たことがない部屋の中にいる自分を発見した。「出口なし」なのである。部屋には裕太の他に四人の男女がいた。裕太の交際相手の川瀬由紀、会社員の丸山一彦と今井美奈子、自分の素性を明かしたがらないホームレス風の男。やがて五人は、部屋に置いてあったパソコンを作動させ、一通のメールを発見する。マスターと名乗る差出人は、有無を言わせぬ調子でこう告げるのだ。彼らが脱出するにはクイズの答えを探しゲームに勝つ必要がある、部屋の酸素は十二時間しかもたないと。

へ、クイズ？　なにそれちょろいじゃん、と笑う読者もいるかと思う。だが、答えを見つけるのは容易ではないのである。なにしろ問題は「あなたは、な〜に」という抽象的なこと極まりないものだからだ。自分探しの旅にでも出ろというのか。パソコンにはインターネットブラウザが入っていて、問題の答えはワード検索で探すように指示される。しかし意地悪なマスターは、そこに罠《わな》を仕掛けていた。五人それぞれに正しい検索語が指定されている。もし間違った言葉を入れると、おそろしいお仕置きが待っているのだ。

こんな具合で、次々と不快極まりない出来事が襲ってくる。お仕置きの内容も、頭が割れそうな騒音が鳴るだとか、エイリアンの幼虫が侵入したような腹痛に襲われるだとか、とても耐えられないようなものばかりだ。物語が進むと、裕太たち以外にも別の部屋に監禁されている人々がいることがわかり、チャットを介して彼らと話すことができるようになる。だが他の部屋からもらえる情報は、必ずしも正しいとは限らないようなのだ。早とちりから間違った行動をとってしまい、裕太たちの部屋の一人が瀕死《ひんし》の重傷を負ってしまう。

『出口なし』は、新進作家・藤ダリオが二〇〇八年二月に書き下ろしで発表したデビュー作である。作者は一九六二年生まれで、藤岡美暢の名で脚本家として〈富江シリーズ〉などの実写映画や、TVアニメ版「魍魎の匣」、「京極夏彦　巷説百物語」（シリーズ構成）などの作品を手がけてきた。ホラー作品に造詣《ぞうけい》が深く（おそらく筆名の由来は、イタリアの映像作家ダリオ・アルジェントだろう)、制作の現場について語った『恐怖はこうして作られる』(二〇〇九年、中経の文庫)という著書もある。また、児童向けの小説作品として〈あやかし探偵団事件ファイル〉(二〇〇九年、くもん出版)シリーズを三作発表している。

本書では、ホラー映画のファンに訴えかける趣向が随所に凝らされている。そもそも、出口の見当たらない部屋から、脱出しなければならなくなる、という冒頭からしてカナダ映画「CUBE」(ヴィンチェンゾ・ナタリ監督)を思い起こさせるものだ。だが、以降の展開は、この作者独自のものである。「『CUBE』じゃなくて『バトル・ロワイアル』だったらどうする?」(つまり、助けあって脱出するのではなくて、殺しあって、一人だけ助かるルールだったら?)と一人が言い出し、裕太がぎょっとさせられるという場面がある。生存のためのルールが最初はまったくわからない、というのが本書設定の肝なのだ。検索エンジン、チャットとツールが増えるほどに混乱が進み、疑心暗鬼にとらわれていく、という皮肉な状況はインターネット上の情報氾濫《はんらん》に踊らされている現代人を皮肉っているようにも見える。物理的な攻撃だけではなく、心の弱い部分までマスターはついてきているわけだ。ググれカス、と言っておきながら、その検索に罠が仕掛けられているわけだもの。嘲笑《あざわら》われていらいらする読者もきっと出てくると思うが、そこは大人の我慢ですよ。

なにがなんだかわからない状況で、なにが起こっているかを見極めることが第一の課題となる作品だとも言える。ミステリーには「誰がやったのか(who)」「どうやってやったのか（how）」「なぜやったのか（why）」といった具合に謎の種類を増やし、進化してきたという歴史がある。その最新型が「何が起きているのか（what）」のミステリーなのである。思い返せば、泡坂妻夫の名作〈亜愛一郎シリーズ〉（創元推理文庫）の中には、いくつもそうした作品が含まれていた。最近の作品では、二〇〇八年に発表された恩田陸『きのうの世界』（講談社）、二〇〇九年の話題作となった綾辻行人『Another』（角川書店）などがwhat型の謎を提示した傑作である。『出口なし』は、そうした系譜に連なる作品なのだ。

もちろん、ミステリーなんてあまり読んだことがない、という読者でも充分に楽しめる作品である。たとえばパソコンなどで脱出型のアドヴェンチャー・ゲームをやったことがある人なら、さらに良し。限られた情報から真相を推測しなければならない、という状況が緊迫感を生むはずである。ただし、選択方式ではなく自由記述で回答をしなければならないという点が、コンピュータ・ゲームより厄介なのでご注意を。また、年季の入ったミステリー・ファンは、サスペンスを読む快感と同時に、知的好奇心をも満足させられるはずだ。最後に明かされる真相は、意外というよりは大胆なものである。思わず脱力してしまう人も多いかもしれない。これだけ話を引っぱっておいてそれかよ、と呆《あき》れさせられるかな。だが小説の記述はフェアなものである。作者は小出しに手がかりを提示し、真相を予告している。チャットの会話や、何気ない記述にも注意することをお勧めしたい。正々堂々、作者に知恵比べを挑みましょう。

なお、藤は二〇一〇年二月に大人向けのミステリー第二作を発表した。『ミステリー・ドラマ』（角川書店）という題名が示すとおりの内容で、ミステリー作劇の巨匠とされる監督・檜市一国が、二時間のドラマを生放送で制作するということから事件が始まる。檜市が自ら脚本を書いたドラマはいわゆる「雪の山荘」テーマで、館《やかた》に閉じこめられた男女が次々に殺害される中で犯人捜しが行われるというものだ。ところが生放送の開始早々、檜市監督が刺殺体として発見され、主演俳優が何者かに誘拐されてしまう。ミステリーとしてドラマを完成させなければ俳優の命はない、という脅迫状がスタッフに届けられるのだ。かくして、内と外の両側で謎解きが行われることになり、しかも解決に人命までが賭《か》けられてしまう、という異常な形でドラマは進んでいくことになる。いや、つくづく密室劇が好きだな藤ダリオ！　真相の衝撃やサスペンス小説としての緊迫度では本書に一歩譲るが、趣向盛り沢山の内容で読者を飽きさせない。『出口なし』のホラーづくしと同様、ミステリーに関するさまざまな記述が文中に盛りこまれるという遊びもある。本書を読んでおもしろかった人には、こちらもお薦めしておきます。

本書は二〇〇八年二月に小社より刊行された
単行本に修正を加え文庫化したものです。

出《で》口《ぐち》なし

藤《ふじ》 ダリオ

角川ホラー文庫　H ふ3-1　16247

平成22年4月25日　初版発行

発行者——井上伸一郎
発行所——株式会社角川書店
東京都千代田区富士見2-13-3
電話/編集(03)3238-8555
〒102-8078
発売元——株式会社角川グループパブリッシング
東京都千代田区富士見2-13-3
電話/営業(03)3238-8521
〒102-8177
http://www.kadokawa.co.jp
印刷所——旭印刷　製本所——BBC
装幀者——田島照久

定価はカバーに明記してあります。

ISBN978-4-04-394352-4　C0193

角川文庫発刊に際して

角　川　源　義

第二次世界大戦の敗北は、軍事力の敗北であった以上に、私たちの若い文化力の敗退であった。私たちの文化が戦争に対して如何に無力であり、単なるあだ花に過ぎなかったかを、私たちは身を以て体験し痛感した。西洋近代文化の摂取にとって、明治以後八十年の歳月は決して短かすぎたとは言えない。にもかかわらず、近代文化の伝統を確立し、自由な批判と柔軟な良識に富む文化層として自らを形成することに私たちは失敗して来た。そしてこれは、各層への文化の普及滲透を任務とする出版人の責任でもあった。

一九四五年以来、私たちは再び振出しに戻り、第一歩から踏み出すことを余儀なくされた。これは大きな不幸ではあるが、反面、これまでの混沌・未熟・歪曲の中にあった我が国の文化に秩序と確たる基礎を齎らすためには絶好の機会でもある。角川書店は、このような祖国の文化的危機にあたり、微力をも顧みず再建の礎石たるべき抱負と決意とをもって出発したが、ここに創立以来の念願を果すべく角川文庫を発刊する。これまで刊行されたあらゆる全集叢書文庫類の長所と短所とを検討し、古今東西の不朽の典籍を、良心的編集のもとに、廉価に、そして書架にふさわしい美本として、多くのひとびとに提供しようとする。しかし私たちは徒らに百科全書的な知識のジレッタントを作ることを目的とせず、あくまで祖国の文化に秩序と再建への道を示し、この文庫を角川書店の栄ある事業として、今後永久に継続発展せしめ、学芸と教養との殿堂として大成せんことを期したい。多くの読書子の愛情ある忠言と支持とによって、この希望と抱負とを完遂せしめられんことを願う。

一九四九年五月三日

@ベイビーメール

山田悠介

開いたときから、恐怖が始まる……。

奇妙な女性の死体が立て続けに発見された。遺体のそばには、なぜかちぎられたへその緒だけが残されていた。彼女たちは皆、送信者不明のメールを受け取った１ヶ月後に殺され、しかも、していないはずの妊娠をしていたという。そして雅斗の恋人、朱美にも死のメールが届いてしまう。彼女の死まで残された時間は１ヶ月‼　メールにこめられた呪いは解けるのか。話題作、待望の文庫化！

角川ホラー文庫

ISBN 978-4-04-379201-6

ISBN 978-4-04-383401-3

アンデッド　憑霊教室

福澤徹三

次の標的《ターゲット》は、教室に巣くう心の闇！

不知火《しらぬい》高校のいじめグループ連続殺人事件から３カ月。優等生の美少年・勇貴《ゆうき》は、いじめパトロールを始めるが、伊美山では不可解な自殺が続いていた。そんな中、神山《かみやま》美咲《みさき》のクラスメイトの恵が自殺してしまう。これはアンデッド玄田道生の呪いなのか…？　真相を探ろうと試みた降霊術や過去に生徒が犯した殺人、そして謎の霊能者が絡みあい、やがて美咲に想像を絶する恐怖が迫りくる！　大人気アンデッドシリーズ第２弾！

角川ホラー文庫

ISBN 978-4-04-383403-7

中国怪談

話梅子《ファメイズ》＝編訳

死体は彷徨《さまよ》い、幽鬼は待ち伏せる。

山奥の庵に、ずいぶん前に死んだはずの友人が訪ねてきた。その晩、麓の村では、葬式前の遺体が消える事件が起きて……。今夜死ぬ、という占いが出た男。家族の寝ずの番も空しく命を落としたが、その死には意外な真相が……。本来の寿命より前に殺された女。肉体のすでに朽ちた女を、現世に戻す秘策とは？　童子の耳の中に不思議な国が広がり、金色の鰻が７人もの命を奪う。中国の長い歴史が育んだ、奇妙な味わいの傑作怪談集！

角川ホラー文庫

ISBN 978-4-04-393701-1

棺中の妻

話梅子《ファメイズ》＝編訳

岸本佐知子氏推薦！　傑作怪異譚。

許婚《いいなずけ》の帰りを待ちわびながら病に臥せり不帰の客となってしまった姉のかわりに、自分と駆け落ちして欲しいと迫る妹。戸惑いながら妹を妻とした許婚に、信じられない事件が起こる表題作の他、恋人にだまされ遊里に売られ夜来香《イエライシャン》と呼ばれた女や、犬に正体を暴かれる美貌の妻、はたまた意地悪な後妻と入れかわってしまった死んだ前妻などなど……。世にも奇妙な夫婦の愛と裏切りを描いた、大好評の中国の怪談シリーズ第２弾！

角川ホラー文庫

ISBN 978-4-04-393702-8

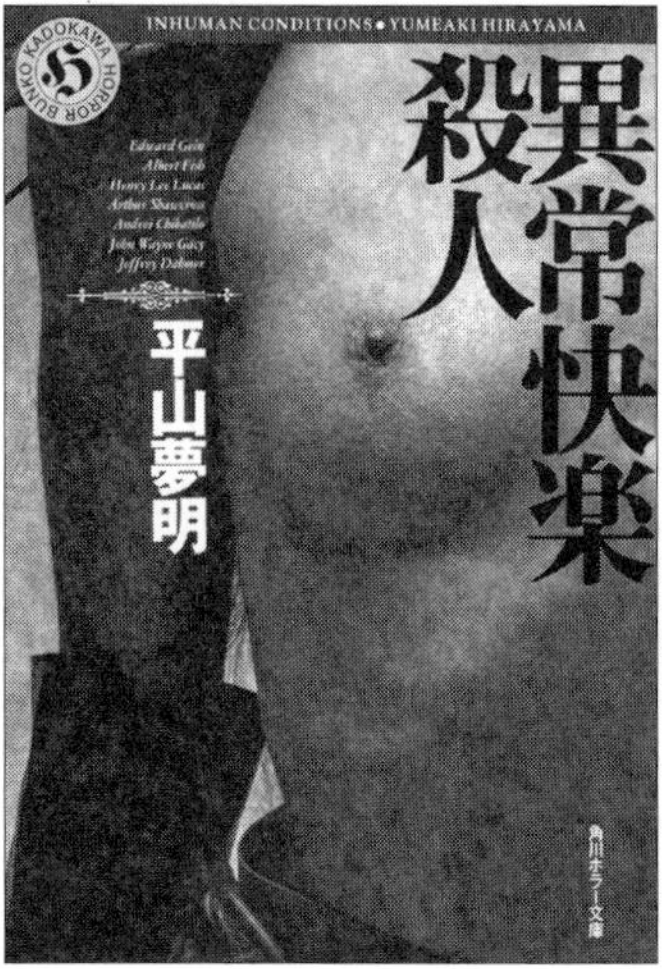

異常快楽殺人

平山夢明

大量殺人鬼７人の生涯。衝撃作！

昼はピエロに扮装して子供達を喜ばせながら、夜は少年を次々に襲う青年実業家。殺した中年女性の人体を弄び、厳しかった母への愛憎を募らせる男。抑えがたい欲望のままに360人を殺し、厳戒棟の中で神に祈り続ける死刑囚……。永遠に満たされない欲望に飲み込まれてしまった男たち。実在の大量殺人鬼７人の究極の心の闇を暴き、その姿を通して人間の精神に刻み込まれた禁断の領域を探った、衝撃のノンフィクション！

角川ホラー文庫

ISBN 978-4-04-348601-4

粘膜人間

飴村 行

物議を醸した衝撃の問題作

「弟を殺そう」——身長195cm、体重105kgという異形な巨体を持つ小学生の雷太。その暴力に脅える長兄の利一と次兄の祐二は、弟の殺害を計画した。圧倒的な体力差に為すすべもない二人は、父親までも蹂躙されるにいたり、村のはずれに棲むある男たちに依頼することにした。グロテスクな容貌を持つ彼らは何者なのか？　そして待ち受ける凄絶な運命とは……。
第15回日本ホラー小説大賞長編賞受賞作。

角川ホラー文庫

ISBN 978-4-04-391301-5

粘膜蜥蜴

飴村 行

『粘膜人間』を超えた世紀の問題作

国民学校初等科に通う堀川真樹夫と中沢大吉は、ある時同級生の月ノ森雪麻呂から自宅に招待された。父は町で唯一の病院、月ノ森総合病院の院長であり、権勢を誇る月ノ森家に、２人は畏怖を抱いていた。〈ヘルビノ〉と呼ばれる頭部が蜥蜴の爬虫人に出迎えられた２人は、自宅に併設された病院地下の死体安置所に連れて行かれた。だがそこでは、権力を笠に着た雪麻呂の傍若無人な振る舞いと、凄惨な事件が待ち受けていた……。

角川ホラー文庫

ISBN 978-4-04-391302-2